森荘已池ノート

－新装再刊 ふれあいの人々 宮澤賢治－

森 荘已池

もりおか文庫

目次

森荘已池ノート

―新装再刊　ふれあいの人々　宮澤賢治―

森　荘已池
Souichi Mori

公刊本までの推敲の跡

昭和八（一九三三）年九月二十一日、宮沢賢治が亡くなった。人びとが賢治のまわりに集まっている座敷から、私は何となく裏庭に出た。宮沢家で「遠裏《とおうら》」といっている畑の真ン中に、家を建てる土台が並んでいるのが見えた。そこへ行って見た。長期にわたっていた賢治の療養のために建てようとしたものだと思った。

四間間口の隣家の土地ぐるみ買って、宮沢家の四間間口の裏に移してつないだ。そこで隣家の表二階が、宮沢家の裏二階になった。この二階が賢治の病室になっていたわけである。そのためなにかに不便なので「離れ」を建てることにしたもののようであった。——そう思ってもどる時、行くときに気がつかなかった足もとに見たものがある。

ミソ小屋と本小屋をかねた、土蔵づくりの長方形の小屋の前に、一枚のむしろが敷いてあった。賢治の病室から持って来たものらしい『春と修羅《しゅら》』が三、四冊、むしろの上に、ページをひろげて、伏せてあった。一冊手にとった。

賢治が、熱心に改稿した書きこみがあり、斜線でサッと、抹殺《まっさつ》の意志を現したページも多かった。ことに巻頭に多かったのを見た。

死の前日まで推敲《すいこう》した跡だ。「日光消毒」にこうしてあるのだとすぐ気がついた。原稿を何べんも推敲しているということは、聞いていた。が、公刊本の『春と修羅』まで、熱心に推敲していたわけだ。

「いつまでたっても、作品は完成することはない」と推敲していたことを目の前にして、驚かない人はないにちがいない。

「大変な人が生まれたものだ。そして、さっさと死んだものだ」と、私は、一冊の『春と修羅』を、ページをひらいたまま、むしろの上に置いて、座敷に帰った。

フランスの詩人、ポール・ヴァレリイを「推敲の詩人」と言うそうであるが、宮沢賢治を、「推敲の詩人」という人はない。どうしたわけだろうか。

この離れ座敷は建ち、空襲で丸焼けになった。このとき「危機一髪」と昔の人が形容したようなことが起きたことも書いておかなければなるまい。

疎開の高村翁命拾い

昭和二十（一九四五）年八月十日、アメリカ軍の艦載機が県下の主要都市に襲来。花巻も爆撃された。

豊沢町宮沢家の「遠裏」の離れ座敷には、東京の自宅を空襲で焼かれた高村光太郎翁が疎開してきていた。

この日、一度に燃え上がった猛火で、高村翁は何物も持たないで、中央公論社（?）の一記者と、命からがら逃げ出して命拾いした。

このとき高村翁は、何物も持たないと思っていたが、助かったとき、翁は何か小さなものを、ぎっしり我が手に、にぎりしめていることに気がついた。

それは、御尊父の高村光雲翁が作った、小さな木の観音さまであった。

のちに、私は高村翁の求めで、盛岡のH金物店から、やわらかい「と石」を買ってとどけた。彫刻刀をといで、仕上げに、なくてはならないものだが、岡山とかのと石山には、掘りつくして、もう全くないということだった。

盛岡の店に沢山あるとの話に、翁はおどろいておられた。

離れ座敷の防空ごうの入り口の地下に掘ったごうの板戸の前に、宮沢清六《せいろく》さんは、つっつくばっていたのだ。——高村先生は助かったナと思いながら。※

この地下ごうには、賢治の原稿全部が、入れられていた。

清六さんの背中が、ひりひりと熱くなってきた。ふと振りかえってみると、遠裏の三方が猛火の海になっていた。

それを見ると、清六さんは、もう、全巻の終わりだと思った。

原稿はみんな、焼けるか、灰になってしまい、そのごうの入り口に、自分は骨になっているのを見つかるだろう。

そう思って、ふとみると、その板戸から、フスフスと、うす青いような、透明な、けむりが、立ちのぼりはじめていた。

このガス状のものに、バッと引火すれば、それっきりだ。

いのちがなくなる瞬間には、何が見えるだろうか——と、清六さんは思ったのかも知れぬ。

※腹這いになって

わからぬ詩書く人

宮沢賢治を、初めて見たときのはなし――。

花巻川口町「舘」（ダテとかタテ）と言われていた町にある梅野草二《うめのそうじ》（本名は啓吉《けいきち》）の父の活版所に行った。私は盛岡中学校二年生だった。

宮沢賢治は、大正十（一九二一）年二十五歳の一月二十三日上京していたが、九月、妹トシ病気の報に、数千枚の原稿を持って帰郷、弟清六さんに、「子供作る代わりに書いたもナ」と言った話は有名である。

このときあたりから賢治は短歌をやめて詩を作り、花巻高等女学校音楽教師の藤原嘉藤治《かとうじ》と知り合った。光原社で刊行の『注文の多い料理店』に収められた多くの童話を持って、書き続けていた。この年十二月三日稗貫郡立花巻農学校の先生になった。

大正十一年二十六歳。詩集『春と修羅』を起稿した。

十一月二十七日妹トシ死亡。

大正十三（一九二四）年賢治二十八歳。三月梅野草二編集の「反情《はんじょう》」第二号に、詩「陽ざしとかれくさ」を発表した。高農の仲間の「アザリア」以外の同人雑誌には、はじめての寄稿である。

四月二十日『春と修羅』第一集一千部を刊行。

「反情」の批評と紹介を私は「岩手日報」に三回連載。賢治の詩について、「もうろうとして、意味は、さっぱりわからないが、芸術写真をみるやうなところがある」と書いた。賢治は苦笑しただろう。

梅野の家は活版所で、「反情」は、三号雑誌だったが、全部梅野が文選・植字・印刷・製本した（ただし製本はネズミいろのラシャ紙の表紙とザラ紙の中身をハリガネで、ぱちんと二カ所つづっただけのもの）。

館の梅野活版で、二人で話していると、梅野が突然、「アレ、宮沢サンダ」と言った。外を通ったのだ。

あんな、わけのわからぬ詩を書く人は、どんな人か——と、私はガラス窓だか、ドアだかをあけて梅野と二人で、北の方への道をゆく「宮沢賢治」を見た。

うしろ姿である。セピア色の帽子に黒いオーバー。そして革靴。

これで、私は宮沢賢治を初めて「見た」ことになったのだ。

下宿近く「馬コ」往復

宮沢賢治に、盛岡方言で書いた「ちゃんがちゃがうまこ」の短歌が四首ある。

夜明げには
まだ間あるのに

下のはし
ちゃんがちゃがうまこ見さ出はたひと

ほんのぴゃこ
夜明げがゞった雲のいろ
ちゃんがちゃがうまこ　橋渡て来る

いしょけめに
ちゃがちゃがうまこはせでげば
夜明げの為が
泣くだぁぃよな気もす

下のはし
ちゃがちゃがうまこ見さ出はた
みんなのながさ
おどともまざり

今の盛岡営林署の向かいあたり、下の橋のたもとから、道が二つに分かれた、その三角型の住宅地の中の一軒、路地を入った所に、玉井さん宅があった。主人は稗貫郡視学・盛中・盛農などの書記をした人。

そこに高農生の賢治と、清六さん、宮沢安太郎《やすたろう》さん二人の盛中一年生、岩田磯吉《いそきち》さん（盛岡農一年生）ら、いとこ同士の四人が下宿していた。盛岡中学校は内丸の今の日赤の場所にあった。

そのころ、下の橋際には、夜も明けないうちから、ちゃぐちゃぐ馬コを見る人たちが、黒山のように集まるのであった。

町の人たちよりも、近郷近在の農家の人びとの方が多かった。北上川の両岸の村むらから、ゆきとかえりのチャグチャグ馬コを見る一番で唯ひとつの場所だった。

チャグチャグ馬コは、むかしは、往還ともに、集団で行くのではなく、一頭ずつ、まだ明けないうちから、暁闇《ぎょうあん》をついて来るので、かなり早くここに来ていないと、見られなかったということだ。そしてそこに玉井家はあったのだ。

帰りのチャグチャグ馬コは、ここにくると、いろいろな走り方をして見せ、大観衆にこたえる習わしだった。

夜あけの行きのときは、飾りなしの馬が来ると、

「ただの馬ッコだあ——」

と、がっかりし、

立派な飾り馬が来ると、鈴の音いろも、全くちがってにぎやかなので、こう目の前に来ないうちに、「来た、来た——」

と、歓声があがるものだった。

ちゃめっけとさわぎ

宮沢賢治がいとこ達と下宿した玉井さん方で、おもしろい話が、幾つかある。

大正六年あたりは、第一次世界大戦で、物価が高くなったが、『インフレ』という言葉はなく、「物価騰貴」「物価高騰」と表現されていた。

三人組は、兄の賢治の気持ちも考えないで、ヤンチャなことを、つぎつぎにやった。

おべんとうの「オカズ」に入っていた「タクアン漬《づけ》」だか大根漬を、学校に出かけるとき、三人分をふすまの敷居にならべた。

また、春先、庭の雪がとけるとやはりオベントウのおかずの「チクワ」が、庭土の上に、点々とあらわれた。

下宿料より、物価の値上がりの方が、幅が大きかったのだ。賢治からこんな話を聞いた父の政《まさ》次郎《じろう》さんは、申しわけないと、白米一俵を、おわびのしるしと玉井さん宅に届けた。この時、賢治は、高農生で、もはや成人していた。

彼が盛岡中学校生徒で寄宿舎にいたとき、校史にのこるような、さわぎをおこしている。

そのころ寄宿舎の最上級の指導者群に、のちの岩手県知事阿部千一《せんいち》がいる。

舎監に新しくなった若い先生が、大いに気にくわなかった。

首謀者は五年生だが、四年生や下級生もすべて一丸になった。

全寄宿舎の電燈をパッと消した。舎監室はもちろんである。「火事だ、火事だ」と騒ぎ出すと、分かれた一隊は、二階で、ドンドンと廊下を踏み出した。先生があわてて二階にゆくと、二階はシーンとなり、とたんに、階下が大騒ぎになる。

四、五年生は全部、寄宿舎を追い出された。四年生の賢治は操行点は「乙」となり、五年生は阿部千一復校のストライキに参加、五年生では操行点は「丙」になった。

賢治の盛中時代の成績は、国語、作文、博物などはよく、代数、三角、幾何などは、平均点三十点以下というものもあった。おかしなことには、化学、物理なども苦手だった。

ただし、この時代から、文学については突然変異のように成長しはじめ、短歌などを作り出していることは、注目しなければならないと思う。寄宿舎追放後は、北山の寺院に止宿した事とともに。

競技会で異様な合唱

大正十二年の夏、岩手県下の中等学校の陸上競技大会が、花巻のどこかのグラウンドで開かれた。開会式が終わり、所定の場所で、各校生徒が、まず粛然《しゅくぜん》として校歌を歌い、やがてフレー・フレー盛中などとやり、次いで応援歌のコンクールのような、叫ぶようなうたごえが、グラウンド一杯にひろがった。

そのときだ。

一種異様な、変な応援歌が、一群によって歌い出された。

静かだが、荘重なところもある「日は君臨し」というくりかえしのある校歌らしいものに続いて、

バルコク　バララゲ　ブランド　ブランド　ブランド
ラアメティングリ　カルラッカンノ　サンノ　サンノ　サンノ
ラアメティングリ　ラメッサンノ　カンノ　カンノ　カンノ
ダルダル　ピイトロ　ダルダル　ピイロ
（原文はエスペラント風な横文字で書いてある）

変だなと聞いていると、一転、キリスト教の賛美歌のような、

正しいねがひはまことのちから　すすめ　すすめ　すすめ　やぶれ　かてよ

と、終わった。どっちも応援歌らしい。私は、びっくりして、その怪しい歌を歌う一団に近よって行った。

何と、彼等は百人もいない小軍団で、花巻農学校の生徒であった。

その中に、これらの校歌、応援歌の作詞、作曲者、編（変）曲者の宮沢賢治も、きっといたは

ずだ。そのときもちろん、宮沢賢治の名も人も、知らなかったのだ。

こんな新鮮な、愉快な、そして静粛な、校歌や応援歌を歌う学校は、先生も生徒も、立派にちがいないし、花巻というところは、おもしろい、しかし、おかしな町だナと思った。

生徒といっしょにいた、四、五人の先生の中に、宮沢賢治は、たしかにいたにちがいなかった。

というのは、花巻農学校には、四、五人の先生しかいなかったのだ。

「見テ見ズ」「見テ見エズ」と、ふたいろに読むらしい漢文の「短句」がある。私はそういう目が、ふし穴のような、ひとりの生徒だったわけだ。

宗派の差で父子激論

浄土真宗の家に生まれて、日蓮宗の熱狂的な信者になった。それが賢治の後半生に、どんなに重大なことだったか、言わずと知れたことにちがいない。

宗教上の論争だが、親と子だが、声は自然に高くなる。

店から直ぐ続く常居《じょうい》。

そこには、父はいつでも座っている座があった。「帳場」である。質屋と古着屋の主人なのである。そしてまた、町では、五指か十指にかぞえられる知識人だった。

こと信仰とあっても、声高になれば、通行人や町の人には、ただの喧嘩《けんか》と受け取られてもしかたがないことだ。

宮沢家の店の前には、人だかりする。耳をすまして「親子ケンカ」を聞くひとびとである。お母さんや年若い弟妹は、いても立ってもいられない気持ちになるのも当然だ。

論争ばかりではなかった。

ある年の真冬のことであった。政次郎さんが、花巻一番の大通り、関徳弥《とくや》の店の常居で、関と何か話していたときだった。

このとき、主客ともに、同時にききなれた声を聞いた。

それは、賢治が朗々とお経をとなえながら、寒修行する声だったのだ。

そして、声は、たった一人であった。

恐らく、賢治が寒修行に出たことは、好話題となって、たちまち町中にひろまることだろう。

(どんなかっこうをしているだろう)

(どこで寒行姿に着がえをしたのか)

一瞬、暗黙のうちに、徳弥と政次郎さんとは、目を見合い、暗い顔になったのかも知れぬ。とうとう、ここまで来たのかと政次郎さんは、複雑、微妙な心境になったかも知れぬ。

私は、そのとき、ぽろりと口からこぼれたお父さんの言葉を、関徳弥から聞いたのであるが、それを、いま、どうしても思い出すことができない。

私は、賢治が暗い顔をしたのをいっぺんも見たことがない。

ただ初めて、惣門《そうもん》の八百屋である私の家に訪ねてきた賢治が、中学生である私を見て、ちょっとの間、不審に堪《た》えないという顔をしたことを記憶するだけである。

生徒集め、懸命の募集

岩手県立花巻農学校の前身は、養蚕《ようさん》教習所風の小さな教育機関であった。岩手県立花巻高等女学校のそばにあった。

教習所には、ごく少ない人数の生徒がいた。その連中の風姿に、田舎くさいところでもあったのだろうか。女学生たちは、「桑ッコ大学ノトドッコ生徒」とか呼んだと、昔聞いた。

ところが宮沢賢治が、大正十年十二月、一人の先生が入営した穴埋めに入った時、教習所は郡立の農学校になった。

郡立に昇格しても、桑ッコ大学の愛称（？）は変わらなかったのだが、大正十二年四月には、新築されて岩手県立花巻農学校に昇格した。

農村不況が、じわじわとはじまり、そこまでやってきていた時代だった。農村から上級学校に入る生徒は暁の星よりもすくなかった。

そんな学校の先生になった賢治は、五、六人しかいない先生たちと手分けして、稗和※あたりに、入学生の勧誘に歩いた。

高等小学校にさえかなり良い農家の子弟でないと入学させてもらえない時代だった。

またその上の県立農学校へ、二年間も入れるということは、容易なことではなかった。

新校舎には、寄宿舎もあった。

花巻西方の高台に、立派に建った校舎に入学させる生徒集めに、先生たちの懸命の募集がみのり、一・二年生で八十人。とうとう花巻農学校は稗和地方※の男子中等学校の「最高学府」になったのである。

あとになってみると、卒業生は全部農業をきらって俸給生活者になった。

ある冬の夕方、賢治が学校から帰って来た。

彼の表情が、あんまり暗いので妹のクニさんが、びっくりした。

「新聞ガミを水につけて、ぐしゃぐしゃにぬらして、それを両手で丸めて、しぼったような、ひどい顔つきでしたので、兄さん、何おきたのス。何か、たいへんなことでもあったのスカ?」と、心配になって、クニさんが思わず、たずねた。

聞かれて、賢治は、クニさんにその日学校で起きたことを、つらそうに話した。

※稗和、稗和地方…昭和年代の稗貫《ひえぬき》郡と和賀郡の隣接地域

大根メシに心痛める

クニさんに、賢治が話した。

「紀元節の式場で、ひとりの生徒が朝ごはんを吐いた、ということでした。吐いた生徒のまわりにいた生徒たちが、どっと笑ったというのです。そこに割って入った兄さんが見たものは、吐いたものが、大根だらけだったというのです」

ごはんには、きざんだ大根のカテ※。みそ汁には大根の干葉※（ほしっぱ）。漬物は大根漬。大根

づくしだったのだ。

吐いたものを目にした瞬間に、生徒には、わかったものだったであろう。みんなの朝めしも全く同様だったからだろう。そこに笑いが起きたことに、兄さんは、心を痛くしたのだと思う――と、クニさんが語ったのである。

これは、一九六〇年八月八日、私が次男を連れて宮沢家を訪ねたときに、次男に筆録させたノートに残っていたことである。

賢治の表情は、暗かっただろうが、「嘆くというよりも、おこっている気持ちのように見えました」と、クニさんは話した。

賢治は、農学校の先生になってからは、とても元気になった。前には、賢治と父とは、よく議論をしていた。父は、賢治の書いたものを、「お前の書く物は、唐人の寝言のようなものだ」と、きめつけ、

「どういうものが売れているか本屋に行って見ることだ」と、賢治にいった。そういわれて黙ってしまう賢治だった。

「別のことで親孝行する」と、兄は言った。「何を考えていたのか」と、クニさんは思っていた。また賢治は、いろいろのことをたくさん考えていて、父とも話し合っていた。それを聞いて、クニさんは、兄に協力したかったが、兄は、妹たちを引きずりこまないようにしていたようだった。

クニさんは、こんな兄に、助だちできないのがくやしくて、いつか、父と兄と口論して、表二

階から下りて来たとき、たまりかねて、とうとう、「兄さんに助だちする」と、言った。
すると兄は、「いままで通りがよい」と、クニさんを戒めたと。まきこみたくなかったのだ。

※カテ…カテル（糅てる）。加えるの意、主食（ごはん）の量を増やすための混ぜ物。大根の葉も多くつかわれた。　※大根の葉を煮てから乾燥し、保存食材としたもの。

東北本線で初代繁盛

宮沢賢治の下根子《しもねこ》桜《さくら》地内「羅須地人《らすちじん》協会」の建物は、そもそもは、豊沢町《とよさわちょう》（花巻市）宮沢家の別荘であった。

祖父喜助《きすけ》が創業の質屋は、日本鉄道会社の東北本線が、明治二十年代に工事をはじめ、だんだん岩手県に入ったので、その土木工事で、多くの関係者が入って来た。

資本主義国家日本の大きな工事だった。沿線の町々は、好景気の襲来に驚き、湧《わ》き立った。もっとも、日詰のように恐れを遠ざけ、ホゾを噛《か》んだものもあったが。宮沢家の質屋、古着屋も、その好景気で商売大繁盛とはなった。そして下根子桜に、二階建の別荘が建てられたのだ。

創業の喜助は、賢治の祖父。この別荘で病を養ううちに、病勢あらたまって、豊沢町の本宅に運ばれた。大正六年九月十六日に亡くなったときは七十七歳だった。

ときに賢治は二十二歳。盛岡高農の特待生・級長であった。賢治の「祖父の死」という作品。

うちゆらぐ
火をもて見たる夜の梢
あまりにふかく青みわたれる

香たきて
ちゝはゝ来るを待てる間に
はやうすあかりそらをこめたり

足音は
やがて近づきちゝはゝも
はらからもみなはせ入りにけり

夜はあけて
うからつどへる町の家に
入れまつるとき
にはかにかなし

宮沢家二代目、賢治の父政次郎さんが、古着屋も兼ねることになった。そこで仕入に、関東や関西の問屋回りをした。

筆者が聞いたところでは、古着屋というのは、ひとが着ふるした着物を商売するのではなくて、関東、関西から仕入れた「流行遅れの新品」を売るので、日詰など近郷の古着屋さんに卸売りをした。

政次郎さんは言った。東京、大阪の土地の古着は、ハデすぎて高価で花巻には向かなかった。そこでここらでちょうど好まれる古着を四国の丸亀に行って仕入れて成功しましたということであった。

肉親の心痛めた独居

宮沢クニさんの御主人主計《かずえ》さんは、先日亡くなった。おむこさんで旧姓刈屋。バス会社社長などをつとめた。

主計さんの出身地は茂市村蟇目《もいちむらひきめ》。若い日は、岩手県庁の教育課員。

主計さんとの縁談をまとめるために、賢治は茂市への行き帰り、盛岡の私の所に寄ってくれた。賢治が教育課を訪ねたのちに主計さんと同僚だった一人の課員で、私も親しかった一課員が、「宮沢賢治という人は、先生で詩人だと聞いていたが、何だか、軽っぽい人だった」と、私に語った。私はあきれて、ウンともスンとも、返事をしなかった。

その友人は、本人も女房も歌人だったし、彼に紹介された時、賢治はむこさんになる主計さんの親友と思い、ニコニコ笑顔でしたあいさつを誤解したなと思った。

初対面だし、むこさんになる刈屋さんの同僚とあれば、世話になることもあろうと、明るい笑顔であいさつをしたのは当然のことのように思う。

長姉トシさんは、名作「永訣《えいけつ》の朝」を書かせて、人生を早々にして逝《い》ってしまった。

次姉シゲさんは、岩田豊蔵さんへ、若くしてとついだ。

お父さんお母さんのほか、残っていたのは、賢治と清六さんと、クニさんだった。

賢治は賢治で、羅須地人協会で独身のまま、たったひとりで炊事して、田舎へ講演、講習に出かけたり、お母さんや女きょうだいの心を痛くさせつづけたのだ。

お母さんが畑に行って見ると、賢治の隣近所の農家の人たちが、手もとが暗くなっても働く人が、ひとりでもおれば、決して畑からあがらない賢治だったので「これから炊事をする独身で、そういうことはしなくても」といったが、きかれなかった。

落下支えた観音の手

宮沢クニさんの生まれたのは、明治四十（一九〇七）年三月四日。四つちがいの刈屋主計さん明治三十六（一九〇三）年六月二十三日生まれと結婚したのは、昭和三年九月五日である。

賢治が、二人の縁談をまとめての帰りに、事件が起きたのだ。

山田線の鉄道は、まだ無くて、盛岡―宮古間をバスが通っていた。盛岡の発着所は、穀町と六日町のT字路西側にあった。

賢治は、急ぐ用事もあったので、帰りは盛岡に向かうサカナ運びのトラックに乗せてもらった。盛岡の魚市場は、六日町にあった。

風邪ぎみで、相当の熱だった。賢治は、ゆれるトラックの上で、うとうととしていたが、川井、門馬《かどま》あたりにかかったとき、ゆめ、うつつのうちに何やら騒ぐ子供らの声を聞いた。おかしいぞと、賢治は、ひょっと外を見た。

すると、子供は子供だが、小さい赤い鬼の子のような者どもが、空中でワイワイ騒ぎながら、トラックを谷底に落とそうと、一生懸命やっているのが見えた。

あぶないぞ――と、ハラハラしながら、なお見ていると、白い大きな手が、トラックが谷底に落ちないように、谷間の方の側から、ささえるようにして動いているではないか。

賢治は、「あ、観音さまの手だ」と、とっさに思った。

赤い鬼の子たちが、いくらトラックを落とそうとしても、これなら大丈夫だと思った。

そして、しばらく走ったときだった。みちがカーブに差しかかったとき、観音さまの白い大きな手が、突然、視界から消えてしまったのだ。

すると、突然トラックは、サカナの荷物のまま、ガラガラと谷底に落ちてしまった。

賢治も運転手も、すばやく飛び降りて、無事助かった。

宮沢賢治全集第十四巻、年表昭和三年九月五日に、次の記事がある。「妹クニと刈屋主計の養子縁組が行われたが賢治は病臥中で宴に出られなかった。刈屋主計は下閉伊郡茂市村蟇目に、刈屋善六・ナカの二男として一九〇三（明治三十六）年六月二三日に生まれた。岩手県庁教育課勤務。」主計さんは、先日、さきに亡くなったクニさんを追うようにして亡くなられた。

病おしてみこし拝む

昭和八年九月二十一日亡くなった宮沢賢治について、伝記的原典とも言える関登久也《とくや》（徳弥）と佐藤隆房両氏の著書から引用しよう。

◇

昭和八年の九月十七日から三日間、またしも、町の祭礼がまわってきました。

この祭礼の三日間とも、賢治は家の門のところまで出たり、あるいは店の畳に座ったりして、なだれてゆく人達をうれしげに見ているのでした。

最後の日には、夜半近く御輿が還御《かんぎょ》なさるのをおがむと言って、門のところまで出て来ました。お母さんは心配して、

「賢さん、夜露もひどいんちゃ。引っこまって休んでいる方がいいんちゃ」

と注意したら、

「ああ、もう大丈夫です」

と答えて、遂に御輿の帰りを拝してから、床につきました。

その翌朝も普通に起床しましたが、その夜、村から訪ねて来た人があって、長時間農作の話を

していました。その頃から賢治の呼吸が、すっかり苦しそうになってきました。

『宮沢賢治物語』（関登久也）

◇

最後の日には、夜半に近く御神輿が還御になる、それを拝むからといって門の所へ出ておりました。お母さんが心配して

「賢さん。お前は引っこまって寝《やす》んだらいいんじゃないか。大丈夫なのか。」と注意すると

「ええ大丈夫です。」と答えて、とうとうその御神輿の御帰りを拝してから寝ました。

次の朝も普通に起床して、ちょうどたずねて来た田舎の人に何か説明しておりました。

お母さんは、用があったので何気なし外出しましたが、途中から呼び返えされました。帰って来てみると賢治さんの呼吸がすっかり苦しそうになっているのです。

『宮沢賢治』（佐藤隆房）

◇

さて、話を前にもどそう。

おみこしをおがんで、家に入った賢治は、次の二首の短歌を作り、和紙に筆書きした。

方十里稗貫のみかも稲熟れてみ祭三日そらはれわたる

病《いたつき》のゆゑにもくちんいのちなりみのりに棄てばうれしからまし

岩手県は、昭和七年と九年は凶作で、昭和八年は豊作だった。

豊作の年を喜び遺詠

この賢治の遺詠の「みのり」をたいていの人は「稔り」「実り」と思うのだが、「御法《みのり》」でもいい、と言う考えを持つ人もある。その人は東京生まれの東京育ちだった。白河以北民族ではない。いま、私達が現場に直接ゆかなくても、テレビジョンの画面で、一面に、しんしんと青立ちして、やがて「しいな」というモミガラだけを付ける水田を見せられる。

高山彦九郎の『北行日記』は、江戸・北海道往復の旅日記だ。

天明の飢饉《ききん》の南部藩北方地区のようすをよく書いている。

家はやぶれ、草はぼうぼう。一里行っても、人影を見ない。亡屋の中には、白骨が散乱している。人の居る家があって、入って見た。炉に串《くし》をさして、なにか食べようとしている。蛇《へび》か、魚かと思って見ると、人間の指付きの手だった。彼は、そうそうと、その場を立ち去った。

凶作・飢饉の度に、二万人、三万人の領民が餓死した。盛岡市中にも、米屋ぶちこわしの騒動が何べんも起きている。

市内油町大泉寺境内の施米小屋に難民（?）を収容した。大泉寺門前に餓死者供養塔がある。

いま餓死者を葬る者も、あしたは葬られる身と書いた文書があった。

花巻松庵寺門前に、数基の餓死者供養塔があり、よくまつられている。

先年、筆者は調べることがあって、遠野市郊外の奥深い「字《あざ》」に行った。

この寺は、先年半分焼亡したままで本堂も建っていなかった。不徳の坊さんでもいるかと思った。門前を注意してみると、やはり餓死者の供養塔があった。それは大きな立派な自然石だったが、斜めになって、下半身が土中に埋まっていた。恐ろしい事と私は見た。

いま政府は、大量の古古古米を収納している。恐らく餓死者は一人だって出ないだろう。賢治は昭和八年に亡くなった。彼のこの遺詠には、この豊作の年に死ねて、嬉《うれ》しいと歌ってあるのだ。

2円40銭もした詩集

宮沢賢治の詩集『春と修羅』を、一番はじめに、私に見せてくれたのは、花巻人・岩手師範学校生徒の照井壮助《そうすけ》だった。

私は後年、男子を得て、壮助からのヒントで荘祐《そうすけ》と命名した。

壮助とは、榊《さかき》呉服店次男庄兵衛《しょうべえ》と盛中同級で、兄の文次郎《ぶんじろう》の「城南文芸」に入れてもらって知り合った。のちの中央公論編集長八重樫昊《ひろし》や、盛岡啄木会の佐藤好文と長いつき合いのはじまりであった。

岩師生照井壮助が、ある日盛中生の私の家にやって来た。私は川原町の伯父の家の二階にいた。

壮助は、明治三十八年生まれの花巻人。大正十四年岩手師範卒。昭和十二年文部省の中等教員国漢試験に合格。同年鞍山高等女学校の教員になって渡満した。

「なぜ行くの」と聞くと、「生活のため」と、簡明に答えた。自分は長男で、多子家庭の生活を助ける。向こうに行くと、家へ八十円送金できる――と言った。

先生と巡査の初任給は、その三分の一ぐらいと聞いた。

師範在学中油絵を描き、清新・強力な洋画の会を作ったが、渡満を機に、全く制作をやめた。帰国後は、高校教員、校長、四十七年一関修紅短大教授、学長をつとめ、昭和四十九年『天明蝦夷探検始末記』の大冊の著作をのこして亡くなった。

師範生壮助が、盛中生の私を訪ねてきた。大正十四年。そのとき、彼は私に『春と修羅』をはじめて見せてくれたのだ。

照井は、関徳弥と縁続きだったが、どんな縁かは聞かなかった。「この本コ、関さんから、売ってくれって、頼まれたども――」と、彼は言った。

一冊二円四十銭だが、二十冊売るようにと頼まれて、当惑しているのが、よく分かった。師範生の経済的な在り方を、関はよく知っていないらしかった。

関は、どこか大ザッパで、その上商人であった。押し付ければ、何とかなるだろう――ぐらいに考えたらしいフシがあった。

「二十冊か、ヒデえなァ」と、私はたまげ、「コマッたなす」と壮助が言った。私の月謝は一円八十銭。校友会費五十銭。しめて二円三十銭が「大金」の生徒が、仲間に何人もいた。

『春と修羅』読んで感動

照井壮助が持ってきた『春と修羅』は、私が初めて見た宮沢賢治の詩集であった。私は、それを長いこと全く忘れ去っていた。

高村記念館の開館式は昭和四十一年十月十七日だった。

この日長いこと会わないでいた照井壮助が、パリッとしたコートを着て、老大家風の紳士になって私の眼前に出現した。

「オオ、サイッツアン」と、やにわに私の手を握った。

まさしく私はサイッツアンであった。北光路幻・青木兇二・杜艸一・畑幻人・若木ナントカなど、七つのペンネームを作って、岩手日報読者の目をくらましながら、寄るもの、触るものを切りまくっていた。盛岡中学校の先輩、帷子勝郎《かたびらかつろう》、川村千一などの荒武者たちにそそのかされて、凶剣をふり回していたのである。私の本名森佐一《もりさいち》ことサイッツアンは、「城南文芸」の人たちしか知っていなかった。

草むらに座って話しこんだ。

「『春と修羅』を、どこでだれに見せられたか、どうしても記憶の網にひかからないんだ」と、私が言った時、壮助は、私を哀れむように見て、それから「オレダ、オレダ、オレガミセタンダ」と、言った。

壮助の説明によると――。

本はなかなかケースから出たがらなかった。やっと取り出して、私は読みはじめた。

しばらくして壮助が、「ナジョナモンダベ※」と、聞いたが、私は黙して答えなかった。二度聞いても無言。とうとう三度目に、気の短い壮助が、ドンと私の背中を押した。

そばに壮助がいることに、びっくりして私は言ったという。

「コイツハア、テエヘンダ、テエヘンダ、テエヘンダー」

この盛岡ベンを、日本語に翻訳すると、次のようになる。

「これは大変だ、大変だ、大変だー」

壮助は、これを聞いて安心し、「ソウスカ、大変ダッカ。ソンナラナンボ押シ売リシテモ、イイモンダベナサー」と、言ったのだという。

※どのような物だろうか…どんな出来の本だろうかの意

高雅な和服姿の〝愛人〟

それは、紅葉がほんとうに美しい、この秋一番という好天の日だった。何軒か、老杉と紅葉する大樹の混こう林の中に、大きな農家が何軒かあった。

羅須地人協会が旧盆に開かれたその年の秋の一日であった。そこへ行くみちで、私は、ひとりの若い美しい女の人に会った。

その人は、そのころからはやり出した、もみじ色の、はでではあるが高雅な気分のある和服姿であった。

その着物と同じように、ぱっと上気した顔いろに、私はびっくりした。少し前まで、興奮した「時間」があったのだなと私は思った。

大正十四年夏、この協会ができた時、お訪ねしたいと手紙を出すと、今はとても忙しいから、秋においでなさいと返事があった。

駄客《だきゃく》、閑客の類だから、ヒマになったらおいで、ということだと、素直に受け取った。

きょうが初めての未知の家への途上で、ばったりと、この女人に会ったのである。

二階建てのりっぱな別荘が、向こうに現れ、二階に動く人影があった。近づくと、声が降ってきて、主は賢治その人だった。前のように白くはなくて、小麦いろになった笑顔だった。

二階のガラス戸を、しきりに音させてあけている。二階と下で「女の人と、いま会ったんでしょう」「ハア、すぐそこで」「女くさくていかんのです。川風に吹きはらわせています」などと、会話した。

この女の人が、ずっと後年結婚して、何人もの子持ちになってから会って、いろいろの話を聞き、本に書いた。この人の娘さんが、亡き母の知人に「古い日記に母が『宮沢賢治は、私の愛人』と書いております」と話したという。

これを耳にして、古い記憶にあざやかな、若い時のこの女人の顔と、中年もすぎ、生活とたたかい、りっぱに子を育てた年輪のある顔とが、どうしても重ね合わせられなかったことを思い出していた。

異様な「女人」の訪問

宮沢賢治が、羅須地人協会を花巻郊外「桜」の別荘に開設するため準備し始めたのは、大正十五年一月ごろである。

大工さんを町から連れて来て、間取りをなおしたり、台所を改造した。玄関わきの一室が、みごとに変身した。

農学校で上演した「夢幻劇・種山が原」の舞台装置の大きな幕を四方の壁に張った。火なわを等間隔に付けたり、こんぶをぶらさげたりした。

私がこの部屋に初めて入ったとき、新劇の舞台に登場したと錯覚した。農学校の舞台装置を、巧みに生かしてあった。

これを作るとき、賢治は、

「これは構成派風な表現を利用した室内装飾だよ」と、弟子たちに話したという。

室内にオルガンが一台あった。はじめに協会員は、三、四人だったが、間もなく十三、四人にふえた。

授業というか、講義というか、それが始まったのは、昭和二年の三月である。(昭和元年は、大正十五年の年末の数日間だけであった)

大正十五年十一月一日の会合に、Kさんが出席してもいいかと聞いたところ、「農民本位の会合だから、町の人は遠慮してくれ」といわれたが、熱心に頼んで協会員にしてもらった。このK

さんが、これも熱心に頼まれて、女性Tさんを協会に連れて行ったものであった。

羅須地人協会は、女性は会員にしないと会則になかったのであろうか。また、はじめての女性会員のTさんについて、「しっかりした女性」だ、とほかの会員にほめていた。

ところが、こまったことになったのだ。Tさんは、集会の日でないのに協会にやってくるようになった。朝早く、借りた本をかえすのに賢治がまだ寝ているうちにきたり、夜訪ねたりした。

賢治、協会の人たちや、賢治の家族たちにも、その女人の訪問は異様、異常に見えるようになって来たのである。

御飯は天然冷蔵庫に

宮沢賢治の「羅須地人協会」での働く時間割りは、まわりの農家と同じように朝は早かった。そそくさと朝飯をすまし、読書して、朝仕事に畑に出る。十時ごろ帰ると小昼《※こびる》がわりに本を読む。昼飯をすまして畑にゆく。夕方、いいかげんな夕食を食べ、また本を読む。

賢治は「斜読法」と、よく冗談を言い言いした。

「先生の本を読むのは早い」とだれかが言うと、必ず「スーッと斜めに読むから早いのだ」と言う。

そういう時間帯を知っていたTさんは、自分も教員だったし、学校も遠かったから、本を返しに、はやばやと協会にやってくる。

みちの遠近の農人たちは、それをチラッチラッと見ている。賢治は、ほとほと困った。そして

Tさんが来ないようにと、苦心さんたんが、はじまったのだ。

ところが、家の戸口の黒板に、「畑ニ居マス」と書く代わりに、「不在」と書いたぐらいで撃退されるようなことではない。心底では、賢治と結婚しようというひとなのである。夜の訪問も、彼女の方では全く困らない。

さて賢治は、まわりの村人たちが一人でも残っているうちは、畑からあがらなかった。お母さんが、とうとう、「隣近所の人たちは、みんな家の人たちが、夕飯を支度しているので、手もとが暗くなってからやめてもよいのに、賢さんは、ひとりで夕飯の支度をするのだから、手もとの明るいうちにやめても少しもおかしくないんだチャー」と、言うのだった。

すると賢治は、「御飯は、三日分炊いてあるんス」と、母をおどろかした。お母さんが、「どこ※に。あめてしまうべ」と、言うと、「ツボザルさ入れて、井戸にツナコでぶら下げて、ひやしてあるンス——」と、答えた。

そして、お母さんが、たまげて黙ってしまうと、「これ『天然冷蔵庫利用法』というものだんチャー」と、ニコニコ笑ってお母さんをますますおどろかすのだった。

※三食の間に摂る軽食　※とんでもない。傷んでしまうでしょ

カレー・ライスを固辞

宮沢賢治の伝記映画を作ることになったら、もっとも生き生きとした画像に表現できるのは、

羅須地人協会時代であろう。女人関係となったら、「T女登場」になろう。

T女が、紅葉のように上気して帰った次の日のこと。

私は井戸端で顔を洗おうとしていた。水を汲《く》んだ茶椀《わん》に、賢治がパラリと入れたものがある。それは青い松の葉の数本であった。水に浮いて、底に影を落とした。

「女の人が来たでしょう。あなたが、とまったでしょう。女の人が、とまったことになるんです」

ぬき足、さし足忍んで、のぞきに来る人もあるのだと、暗黙のうちに私は知った。町の知識人を排除する農村共同体の心理が、このような現れ方をするのである。

賢治は、二階で毛布にくるまって寝たらしい。ふとんは、多分二組あったと思うのだが、一組はT女に、お礼にやったと、のちに知った。

ところが、お礼に何もやるものがないので、ふとんをやったのだったらしいが、もらったT女の方は、そうは考えなかったのだ。

もう一つT女の話が残っているのである。

遠くから来た協会員もあったらしくて、会員が数人、にぎやかになったことであった。もちろん、近所の会員も、あったことだと思うが、T女が台所でことこと働いていることに誰《だれ》も気が付かなかったらしい。

お昼になった。T女が、いつの間にか作ったのか、いいにおいのするカレー・ライスが、つぎつぎ運ばれて、「めしあがって下さい」と、T女がはればれした顔で言った。

みんな、たいへんな御馳走にびっくりしたが、ぶぜんとした賢治は、「私は食べる資格がありませんから」とT女がいくらすすめても手をつけなかった。

T女は、別室に立ち去り、俄《にわか》にオルガンをいきおいよくひき出して、やめようとしなかった。

ここにやって来ていた教え子には、遠くから来た人もあった。この人は、およめさんだナ、と思った人もあっただろうが、考えすごしというわけにはゆかない「情況」だったろう。

林のカマドで飯炊き

羅須地人協会の二階の広い座敷のまんなかに、私が、たった一人で寝た次の日の朝。目がさめて、階下に下りたが、人のいる「けはい」は無い。賢治が、家の中にいないことに気がついた。

これは、どうした事だろうかと思った。もう、お百姓さんのように、明け方から、畑に働きに出たのかなと思った。そこで、外に出て見た。

この家は別荘だから、まわりには、猫《ねこ》のひたいほどの少しばかりの畑があるだけで、川端の方と、近くの杉林の中に借りた畑があった。

畑へ行っているのかと思ったので、私は、二階にいっぱいある本でも読もうかと考えた。

家の中にもどろうとしたら、杉林の中から、「目がさめましたか」と明るく軽い言葉といっしょに賢治が出て来た。

気がついて見ると、林の中に、うすい水いろの炊煙《すいえん》がただよっていた。私が注目すると、ニコニコして、「見ますか」と先に立った。

火を焚《た》いているとはわかったが、何のためかはわからない。そこで、私は、ちょっと傾斜になっているところを下りた。

そこには少し広い――と言ったところで、一坪あまり。パチパチ火がもえ、湯気を噴いている中型の御飯釜《ごはんがま》が見えた。

長方形のゴマ石で、三方をかこったカマドだ。「簡易カマド」と言ってもよい。これ以上簡易なシカケはあるまい。

――朝ゴハン、昼ゴハン、晩ゴハンです。

と、半分笑い声で彼は言った。

立って話しているうちに、三食分のゴハンはできた。

毎日ここで、こうして御飯を炊くとしたら、雨の日や、冬の日には大変なことだろう――と心配した。

T女の愛情のうちには、愛情というもののほかに、「同情」というものが、かなり入りまじっているナと思った。

また、この家は、賢治の祖父、一家を創業した人が建てたのだから、火のそうから、火事を出したらいけないと思ったのだナと私は考えた。

すすき野を開墾し畑

羅須地人協会の家にとまった時、三食ごちそうになった。

「しおびき」だか「あらまき」だかのホネとオカシラの「あらじる」だった。

家庭で食べる「あらじる」には、たいてい酒カス、大根、ネギなどが入っているのだが、この「あらじる」には、「あら」だけが入っていた。

盛岡あたりでは、家族や使用人の多い家庭で、秋や冬の一番のごちそうであった。

大きな鍋《なべ》で、ぐらぐら煮るので、かまどからおろしがけには、汁椀《しるわん》が、シーシーと、低い音を出す。

「冬は、これが、何よりのごちそうだナサ」というのが、賢治のお母さんの口ぐせであった。「味」と「熱」とが、からだを、ホカホカあたためる。

「塩引」は、おにぎりに入れると、冬場は「大関」みたいなものだし、夏の「大関」は、梅ボシになる。おにぎりを、※あめないようにする。羅須地人協会の台所に、この「あらまき」はよっぽど前からぶらさげられていたようだった。

私が見たとき、あたまと、全身の骨だけになって、骨にはかなりの「身」が付いていた。台所には、あとは何も食べ物の備蓄はないように見えた（鼡《ねずみ》には無人のあき家そのものだったのではないか）。

北上川の岸の砂質壌土の畑は、渡船場の河原に近く、みちばたにあった。教え子たちに助けてもらい、すすき野を開墾したようであった。

そこは、杉林のとに比べたら天地ほど違う、よい畑だった。私も連れられて見にいった。あんまりにもいいできのハクサイだったし、珍しいものだった。

この畑のそばを、矢沢《やさわ》から下根子へ、下根子から矢沢へ、行ったり来たり、渡し舟に乗る人たちがたいへん※ケナリがって無断で、持ち去った。

そのぬすまれたハクサイのあとに、白いススキの穂がいっぽんずつ立てて刺してあった。

そのススキが、だんだんふえて、ほんものの生えたススキといっしょに、風になびいているのを、私は見た。

この畑でできたトマト、野菜、花などは、売るために作ったものだが、たいてい町の人たちに、ただでくばった。黙って持ち去った人たちも、もらったつもりだったのだろうか。

※傷まないようにする　※羨望《せんぼう》にたえないで

汁のホネを庭へポイ

羅須地人協会夕食の「あらじる」は、昔話風な形容だと、「サケ」や「マス」のあたまや中骨を、※だんぎり、だんぎりと切ったようなものだった。出刃や鉈《なた》を使わないと、あんなには切られない。

そのご馳走《ちそう》（?）は、わが家でも、同じように、一冬に何べんでも食べているものゆえ、何とも思わなかった。酒カスやタカナのつけ物（きざんだもの）は入っていないことだけが、ちょっと物足りなかった。

賢治と私と、廊下にすわっての夕飯だった。私は路で会った女の人をチラと思いだしていた。「あらじる」というものは、「ホネから」を入れる大皿《ざら》とか小鍋《なべ》などを、飯台に出して置かなければならないものだ。それがない。

「ホネから」を、どうするのかと賢治の口もと手もとを、見ないふりをして見ていた。すると賢治は、いつでも、そうやっているように「ホネから」を、ぽんと庭にほうり出した。

私が、とまどっていると、かまわなから捨てて下さいと、いうのである。

そこで仕方なく、私も食べながら、ひょいひょい、まねをして草むらや土の上へ、ほうった。

「猫だの犬だの、夜なかにやって来て、食べるんだか、かじるんだか、くわえてゆくんだか、やってくれるんです」と、ひどく嬉《うれ》しそうに笑った。

まだ食べれる「ミ」が、かなり残っているような、さかなのホネなどの残飯は、もしも仮に、ここで結婚生活がはじまれば、バケツにためられ、そこらの隅に、あの女の人が埋めたりするのかナアと思ったりしたが、口に出しては、もちろん言えることではなかった。

「春と秋の大掃除の検査は、おもしろいんですよ」と、賢治は、あいかわらず、ニコニコ笑いながら言った。

羅須地人協会のところまで、リヤカーも通れる、別荘専用のみちがあった。相当の距離だ。

そのみちの入り口に、丸い柱のようで三、四尺の棒が立っていた（使用目的不明であった）。それへ、掃除検査済の札を、検査に来た人が、貼《は》りつけてゆくと言うことであった。それがまた、二人の笑いを誘った。

※ぶっつ切りするさま　※身を食べつくした後の骨滓《かす》

休みには水平に昼寝

羅須地人協会で生活を創設し、一家にひとりの「農民」になった賢治は、農事相談や肥料設計、稲作の良、不良を見て回り、遠近の農家を訪ねて歩き回った。「近」の所は良しとしても「遠」の所にもゆかねばならぬ。

握り飯や弁当を持って出るには今風に言えば「ハウス・キーパー」、昔風に言えば「女房」が家にいなければ、握り飯も作れない。作らない外食民族もいる。賢治は「何を食わんと、何を飲まんと」思い煩う人ではない。

彼に次のような詩がある。

停留所にてスヰトンを喫す

わざわざここまで追ひかけて
せっかく君がもって来てくれた
帆立貝入りのスヰトンではあるが

どうもぼくにはかなりな熱があるらしく
この玻璃製の停留所も
なんだか雲のなかのやう
そこでやっぱり雲でもたべてゐるやうなのだ
この田所の人たちが、
苗代の前や田植の後や
からだをいためる仕事のときに
薬にたべる種類のもの
除草と桑の仕事のなかで
幾日も前から心掛けて
きみのおっかさんが拵へた、
雲の形の膠朧体、
それを両手に載せながら
ぼくはたゞもう青くくらく
かうもはかなくふるへてゐる
きみはぼくの隣りに座って
ぼくがかうしてゐる間
じっと電車の発着表を仰いでゐる、

あの組合の倉庫のうしろ
川岸の栗や楊も
雲があんまりひかるので
ほどんど黒く見えてゐるし
いままた稲を一株もって
その入口に来た人は
たしかこの前金矢の方でもいっしょになった
きみのいとこにあたる人かと思ふのだが
その顔も手もたゞ黒く見え
向ふもわらってゐる
ぼくもたしかにわらってゐるけれども
どうも何だかじぶんのことでないやうなのだ
ああ友だちよ、
空の雲がたべきれないやうに
きみの好意もたべきれない
ぼくははっきりまなこをひらき
その稲を見てはっきりと云ひ
あとは電車が来る間

しづかにこゝへ倒れよう
ぼくたちの
何人も何人もの先輩がみんなしたやうに
しづかにこゝへ倒れて待たう
（一九二八、七、二〇、）

農夫や工人たちは、昼飯どきの休みには、たいてい木陰や、物かげ、地面や床に水平に昼寝をするのであった（昔の話で、今のことではない）。

筋肉や頭脳を休めるほかに、昼飯を、胃腸に消化、吸収させる自然の摂理であろうか。

ところで、私見によれば、賢治は心の深部では、倒れて眠るというよりは、斃《たお》れて、「永遠に休みたかった」のではないかと思えてならないのだ。

エスペラントも勉強

私のいま住んでいる家は、もと八百屋の倉庫で、四間に四間総土間。二階は八畳六畳と板の間だった。昭和二年に建った。

この家の余命は、まだありそうだが、お城したの毘沙門橋《びしゃもんばし》から馬町《うままち》、鉈屋町《なたやちょう》、神子田《みこだ》―南大橋まで三十間とか、三十𬻿《メートル》幅とかの道路を通す話があり、十年計画、予算三十億円という。

この大きな新道が馬町（肴町《さかなちょう》）から寺の下（鉈屋町）に出ると、私の家が、すべてみちになってしまうそうだ。ところで、ここに賢治がとまったその時、階下は総土間。つけ物だる（六尺コガというデカモノ）や生野菜の置き場だった。

そのとき、私は賢治に連れられて、上田の高等農林学校植物園に行った。フジの花ざかりであった。一匹の大型の蜂《はち》が、ブーンと弧を描いて飛んだ。日ざしが柔らかい午後の空であった。

その蜂の行方を、二人して目で追った。そして賢治が「スガルというでしょう」と、私に問いかけた。スガルはスガル。蜂のことだから、「ハア」と私は答えた。

スガルには、いろいろあるという話になるかと思った。ところが、「スガルオトメ――と万葉集にありますね」と来たものだ。私は、万葉集はポケット・ブックですましていたから、『スガルオトメ』などという高級、典雅な単語は、まだ知るところでなかった。

「スガルのスは、あの飴《あめ》いろのハチの『はね』ではありませんか。いい言葉ですね――」

心中で、びっくりするほど感心したが、私は無言であった。

賢治は、つづけて言う。「ガというのは、蜂のおしりが下の方に、プランとさがっている形の表現でしょうね。ルというのは、スーッと飛んでいった、放物線をあらわしたのではありませんか」と、言うことであった。

この日、賢治は我が家にとまった。何べんか会って話をかさねるうちに、私は宮沢賢治という人はいったい何の用があって、こんな勉強をするのかと、はじめわからなかったことが、だんだんはっきりして来た。

やまと言葉の成立ということといっしょに、「エスペラント」までやっているらしい。私はひたすら驚き続けることになったのだ。

詩よりも花畑・花園

こんどの話も、賢治に高等農林へ連れて行かれた時の話。

植物園の園丁さんたちの詰め所は、小さな和風の独立家屋で、園の入り口に近いところにあった。戸口の前に、コンクリート製（?）の水槽《すいそう》があったので、のぞいた。

水草か、藻《も》草のようなものが、いっぱい生えていた。ちらりと赤いものが見えた。金魚だった。

賢治が、「こんにちは……。また来ましたよ。お願いがありましてね……」と、少し薄ぐらい土間へ、ていねいに声をかけた。

が、しんかんとして、人気はなかった。「外で働いていますね」と、賢治は、ふりかえって、私に言った。ニコニコしている。

テーブルの上のお弁当は、三食弁当らしく、あやめもわからぬ、ふろしきに包んであった。

盛岡中学では、三年生になると、大きな三食弁当を持ってくるのが、流行していた。ところが、一時間目の授業がすむと、かきこむようにして、それをみんな食べてしまう。朝メシぬきで、駆けつけたのだろう。昼は外に出て、外食した。三食弁当は、私の家にもあって見なれていた。

賢治は、そこらにあった古くさい移植べラを持ち、誰《だれ》も人がいないのに「おかりしますよ――」

と、言った。植物園のまんなかは、相当の広さのお花畑だった。花ざかりでみごとだった。

「桜草は、チェリー・ブラッサムというのは、ちょっと無理ですな。チェリーよりは、桜草の方がずっといいですねぇ」

「ブラッサムは何ですか」

「フラワーというのは、一般的に花、普通名詞でしょう。ブラッサムは実のなる花ということなんでしょうかねえ。サクラはフラワーで、サクランボのなるサクラは、チェリー・ブラッサムかも知れませんよ。フラワーは、軽く、ブラッサムは、重いんでしょう。実ですな。調べてみないとわからんのですがね。調べて見ておきましょう」

ということになった。

「花畑、花園ですか、それを造ることは、詩を作ることよりも、ずっとおもしろいことは、おもしろいのですがねえ」と、賢治は言った。

「西洋コジキ」の格好

高農の花壇で、その日、宮沢賢治が、「スガル」に似た「ネコとネズミ」の話をした。

「キャットというのは、ネコがカッと口を開いて、ネズミにおそいかかる形容でしょう。そのネコを、ネズミの方から見ると、キャットなんですね。ラットは……」

「南京《なんきん》米袋に穴をあけ、たらふく米を食べた、ねぼけネズミを、ネコが見たら、ラットという感じなんでしょうかね」と、言った。「モノ」に「ナマエ」が付く根元を、この人は考えているのかナア――と私は、びっくりした。

それにしても、キャッと口をあけたり、丸くなって眠ってラットだったり、面白かった。けれども私は、ぽかんと上《うわ》の空《そら》で、例によって「返事」もできず、「合づち」も打てなかった。

ところが賢治の方は、農学校の教員室で「盛岡の八百屋の息子の森佐一君が、私の話をよくわかるんで、愉快です」と、言い言いしたと、同僚の先生だった白藤慈秀《しらふじじしゅう》さんから後年聞いた。

花壇のヘリで、賢治は、かがみ込んで、何かやりはじめた。

花壇をまるくかこんだサクラ草の整理のようであった。はみ出た株を、サッサと掘り取っている。丸いヘリが、乱れたところを取り去られ、くっきりなったが、取り去られたサクラ草は、みちにほうり出されたままだ。

作業する賢治が、丸い花壇のヘリをひとまわりした。それがすむと、持って来たハトロン封筒をポケットから出して、みちに乱雑に投げ出されているサクラ草をていねいにハトロン封筒に、根付きのまま入れはじめた。

その辺のどこかに移植するのかなと思っていた私は、おやおや奇妙なことがはじまったものだと思ったのだが――。

服やズボンのポケットというポケットが、サクラ草でボコンと変にふくらんだ、どう見ても、「西洋コジキ」といった形だった。駅までいっしょにゆく私が、恥ずかしかった。

高農の園丁さんが帰ってサクラ草のヘリが、きれいになっているが、取り去られたサクラ草がどこに行ったかと不審だったろう。「賢治花ドロボウ」の一幕だった。

珍木「ギンドロ」好む

十字屋書店版「宮沢賢治全集」の編集のとき、はじめの仕事場は「岩田のオバコさん」の町営住宅「桜」の別荘であった。

岩田のオバさんは、賢治の父の妹で、名はヤスさん。

宮沢喜助・キン夫妻には長女ヤギ、長男政次郎、次男治三郎、次女ヤスがあり、ヤスさんは四番目の末娘。

からだも大きく女丈夫といった感じだったが、侠気《きょうき》に富んだ半面優しい同情心を持った人だった。町営の分譲住宅の一軒を買い求めて、別荘のように使われていた。

玄関わきの一室で、私は賢治の遺稿を見ていた。飛田三郎《とびたさぶろう》さんの筆写稿であった。この家の前に賢治の植えたギンドロがあり、裏の畑には、野菜や花が丹精して植えられてあった。

食事しながらの話は、いつでも賢治のことになった。

「賢さんは、早や死にする人だったせいか、植える木も、早くドンドン大きくなる木だったんすじゃ――」

オバさんがいうのは、そのころは、珍しい「ギンドロ」とか「ポプラ」のような木だった。別荘の玄関前にも、羅須地人協会にも、植えた。ギンドロやポプラは、早く大きくなる木であるが、それを賢治の早世といっしょにしたことを聞いて、なるほど物の考え方にも、いろいろあるものだと、私は受けとった。

松や杉は用材木で、風姿も古風で日本的、古典的だ。

賢治がポプラやギンドロを好んだ意味は、日本の農村風景を、新鮮でハイカラなものにしたい——という発想だったのかナと思う。

「賢さんは、花なども、種を、ドイツやイギリスから買っていたもナサ——」とオバコさんは話した。

賢治が、この別荘裏につくった花畑が、あんまり見事だったので、その花を、来年も播《ま》こうと思って、オバコさんが種子を採っていたら、賢治が来あわせて「オバコさん、やめてけんじゃ※。せっかくの花も、ザイゴ花※になってかわいそうだナス。来年は、またオラが、よい種をとりよせて播いてあげるから、タネコはとらないでけんじゃ」と、言って、とめられたのだった。

※やめてください　※田舎育ちのありふれた花

一番に駆け出す先生

宮沢賢治、花農先生のとき。午後の授業が、今、はじまろうとしていた。

突然、町の方から半鐘の鳴る音が聞こえて来た。

二階の教室の窓から見ると、東南の方角に煙が立ちのぼっている。鍛治町《かじまち》あたりと判断。「みんなで消そう」と、いうが早いか、賢治先生は、教室から脱兎《だっと》のように飛び出した。

――何か起きると、一番早く駆け出す先生と、定評だった。

賢治のもっとも得意とするところ。生徒はよく知っている。何しろ、サル年生まれは、昔から早業を得意とすると、巷間《こうかん》に信じられている。

賢治先生と生徒は、たちまち火のように燃え、もちろん列など作るわけはない。それ先生につづけと、ワラワラと必死で駆け出した。

カジはカジ町だった。笑いごとではない。この町の中心地に、賢治の母の実家「宮善《みやぜん》」はある。せっかく駆けつけたのだが、火事は延焼の大事にいたらず、農学校生徒諸君の働きも、いくらかは役に立ったか、鎮火した。

賢治は、鎮火と見ると、すぐに生徒を連れて引き返した。何しろ授業をほっぽり出しての出動だった。

また真っ先になって、賢治は駆けもどった。ところが、賢治は学校に入ると、ばったり倒れてしまった。彼は歩くことは得意だったが、走ることは、得意でない。みんな、びっくりした。あわてて介抱した先生たち。

ところが、ほんのしばらくで賢治は目をさました。「や、どうもどうも、すまないすまない――」と、身を縮めて礼をのべた。

こういうことが重なって、何か事件が起きると、何でも、真っ先に飛び出す先生ということが、生徒や先生、父兄全体の「定評」になったものだった。

これは大正十三年、春五月の、火早《ひばや》い季節のことだった。

「率先躬行《そっせんきゅうこう》」という言葉は、昔あったが、何にでも一番乗りをするという意味で、賢治にぴったりだったように思う。

下肥のお礼米で談笑

羅須地人協会で、賢治が二日か三日分の御飯を、杉林の中で炊いていた。それを私が見たことは、さきに書いたが、賢治がことのほか「火の用心」に注意ぶかかったことは、家人や親類の人たちにも、よく知られていた。

北上川べり、花巻南方の台地に火事があった。昼火事だ。「桜」あたりらしいと、岩田のオバさん、カジ町のオジさん宮善さん（賢治の外祖父）が、火元目ざして駆けてきた。

さいわい、火事は「桜」でなくて、「東十二丁目」あたりだった。

火事見舞いのおふたりさんも、まずホッと胸をなでおろして、世間ばなしに移った。

オバコさんは、賢治の妻帯については、頭から離れることがなかった。――が、火事見舞いに来て、そんな話を出すこともはばかって、ノドまで来たが話さなかった、という。

そこで話は、いつの間にか自然に、こやしくみの礼米のことになった。化学肥料が使われる前、日本中の農村で、※下肥《しもごえ》を使っていた時代である。

小、大の区別はあったが、日本の農産物の大方は、下肥で育っていた。

三人の雑談が、下肥に移ったのも不自然ではない。長屋の下肥は、家主が農家にくみとらせていた。そのくみ代に、農家では、年に一ぺん出来秋から冬にかけて、お礼米を持ってくる「ならわし」であった。

どういうわけか、惣門あたりのだらだら坂の雪みちで、大きな樽《たる》の下肥をひっくりかえして大騒ぎになることが、ときどきあった。

さて、三人の話が、下肥のくみ代に、お礼米をいくらもらっているかということに移った。

宮善さんは、大の樽はいくら、小の樽はいくらの礼米をもらっている――と、話した。すると岩田のオバさんは、――オラホでは、みんなただでくませているス、といった。そこで賢治は、くんでいるその農家が、なんぼ助かるか知れないと、オバコさんをほめた。

すると、宮善さんは、顔いろを変えて立ち上がり、あいさつもそこそこに帰ってしまった。

※肥料用のふん尿

灰の底から校正刷り

「遠裏《とおうら》」と、宮沢家で言っている裏畑の南側、板塀《いたべい》のそとに、藩時代の「青牢《あおろう》」があった。その堀の向こう側へ、回り道をして私が行って見たことがあった。かたちのよい花崗《かこう》岩の巨石に「南無阿弥陀仏」と彫った供養碑があった。ご飯やお花を供える人もあるようであった。「青牢」とは、未決の囚人用の「仮牢」である。そこに入牢中に亡くなった不運、不幸な人たちの供養に建てたものが、今に残っているのだった。

賢治のお母さんは、堀のこっち側からその供養碑に「お水」と「ご飯」をあげて、拝んでおられた（青牢跡のすぐこっち側に、賢治の全原稿と清六さんが助かった地下壕《ごう》があったわけだ）。

さて改めて書けば、昭和二十八年八月十日、花巻は米空軍最後の空襲に遭った。

大火災のあと、清六さんは、たったひとつ焼け残った大きな土蔵の内部が、熱の去るのをじっと待っていた。

大火のあと残った土蔵を、いきなりあけると、一ぺんに大爆発して、大椿事《ちんじ》・大参事を引きおこすと、昔から伝えられていた。

中は、ガランとした空間になっていた。清六さんは、息をのんだ。入れてあったあらゆるもの、もちろん賢治の使った農具、作業服なども、すべてみな灰になっていた。炎のために燃えて灰になったものではなかった。

高熱の空気が、隣家との間の土蔵に、穴をあけて出入りした鼡穴《ねずみあな》の数個から吹きこんだ。そのため、あらゆる可燃焼物からガスを発生させ、それが鼡穴から噴出して、火災になったのだろう。土蔵は、土蔵全体の可燃物質の大きなガス発生器になったのだ――と筆者は想像する。

清六さんは、灰を掘った。灰の底から、「そのもの」が出て来たとき、清六さんは、驚喜して身がふるえるようだったろう。

灰の底から出て来たのは、『春と修羅』の校正刷りだったのだ。清六さんが長年、家じゅうさがしても見つからないものであった。そして、それは、高熱のため、紙質が変わり、セピア色になっていた。

「ケチ」に販売を依頼

詩集『春と修羅』の奥付は、次のような一ページである。ウラケイで、ヨコ七センチ五ミリ、タテ十センチ二ミリの角型。まず中央の上部に、右から左へ「春と修羅奥付」とあり、そのすぐ下に直径二センチ二ミリの丸い円。中に九ミリの真四角なハンコ、宮沢の二字で、賢治の手製のようである。

『春と修羅』の印刷者は吉田忠太郎《ちゅうたろう》。山口活版所の工人。花巻大正活版は、盛岡山口活版の花巻支店である。活字が揃《そろ》っていないので、賢治は盛岡内丸の本店へ、何十回も通った。

詩集の背文字の金属の凸版は、吉田忠太郎氏が持っていたが、私は譲って下さいと言えないでしまった。

のちに十字屋書店版宮沢賢治全集を刊行した酒井嘉七《かしち》さんに会ったとき、『春と修羅』を発行した関根喜太郎《よしたろう》サンは、神田の書店組合長だったが、ひどいケチンボウで「ケチネ」と仇名《あだな》があったと聞かされた。「なぜ関根に宮沢サンが頼んだので――」と聞くと、「組合長だからではないんですか」と答えた。

「おもしろいですね。宮沢童話そっくりですネ」と私が言うと、「さあ組合長も、売れる本だとは思わなかったでしょうが、委託販売ということで、何冊か販売を依頼されたのでしょうネ」と、言うことであった。

古本ではないのである。

大正十三年三月廿五日印刷
大正十三年四月二十日發行

定價貳圓四拾錢

著者　宮澤賢治

東京市京橋區南鞘町十七番地
發行者　關根喜太郎

岩手縣花巻川口町百九番地
印刷者　吉田忠太郎

春と修羅奥付

著書檢印

發行所　東京京橋區南鞘町十七番地
振替口座東京五五七九番
關根書店

ところが、大正十四年、私が上京したとき、『春と修羅』は、神田の古本屋ではなくて、夜店の古本屋に出ていた。

神楽坂、本郷、新宿、渋谷、神田のアセチレンのひかりの下に、二、三冊ずつ、一冊二十銭也でゾッキ本にまじって売られているのを見た。

この「二十銭本」については、次回に触れることにする。

古本屋に『春と修羅』

『春と修羅』の発行先の東京・神田の関根喜太郎さんは、中風にあたって、郷里信州に引っこんでしまった。

関根書店の整理を引き受けたのが、十字屋書店の酒井嘉七さんで、どっちも本業は古書店であった。言うところの「神田の古本屋」さんである。出版は副業だった。

ついでのことに書けば、神田第一の古書店は「一誠堂」で、十字屋書店の実兄だった。

神田古書店街の普通の店は、間口が二間。店内の左右に天井までの書棚《しょだな》。まんなかにも高い棚があって、客の腰ぐらいの低い戸棚の上に本を並べてあった。宮沢賢治全集七巻ものを刊行した酒井さんの店も、並の古書店だった。

ところで一誠堂は、二間マグチの古書店の数軒分ある堂々たるもの。大正末期、斎藤茂吉の『赤光《しゃっこう》』が金百円也《なり》で、全神田に一冊、一誠堂にあっただけだったのを私は見ている。

青い布表紙の宮沢賢治の三冊本全集や新感覚派作家の小説や評論、雑誌「文学界」などを破産した文圃堂《ぶんぽどう》の整理を引き受けた酒井さんは、好人物で侠気《きょうき》があり、渋紙装丁の賢治全集七巻を発行した。

関根書店の『春と修羅』は、古本屋の市場で売りさばかれた。

私が「岩手詩人協会」をつくったとき、賢治は機関誌の『貌《かお》』の刊行費にと、『春と修羅』と『注文の多い料理店』を三十冊ずつくれた。私は、それをどうすれば、売れるのかを知らない中学生だった。賢治は、「会員の皆さんに、買ってもらって『貌』の印刷費にするといいでしょう」と、言ってくれたのだが――。私より世智《せち》にたけ、岩手県庁の職員だった相棒の生出桃生も、上京した。私は上京するとき、『春と修羅』を売って、『貌』の印刷発行費を作ろうと、東京に運んだ。だがケチネ氏が、売り払った大量（?）の『春と修羅』が、二十銭、三十銭で、神田や本郷、新宿などの夜店の古本屋に、二、三冊ずつ出回っていたので、驚いて皆寄贈してしまった。いずれ当時の有名無名詩人たちに贈ったものと思うが、名簿もないので全く不明である。

ただ、たった一冊だけ、私の女房の弟梶原敏雄《かじわらとしお》にくれたものは、今も大事に宝物あつかいされているのを知っているだけである。

詩集に抹殺の線引く

大正末期、盛岡市油町角（現在の本町通一丁目）にあった雑貨店の立花貞志は「郷土歌人」改題「岩手歌人」を発行していた。加藤健とは同町内だったので、立花は健の短歌を一ページ掲載した。

健は詩も書いていると、貞志が私に話した。というのは、私も詩と短歌を書いていたからだ。その時代の若い文学志向者たちは、たいてい似たもので、宮沢賢治でさえも、若いころは、数百首の短歌を詩にさきだって書いている。

貞志は、私が出した詩の雑誌『貌』で、宮沢賢治の存在を知った。そこで所用のため花巻に行ったとき賢治を訪ねた。賢治は豊沢町の自宅で病を養っていたが、そのときは快方に向かっていた。『春と修羅』に署名し、二、三カ所の詩に、鉛筆で抹殺《まっさつ》する意味の斜線を引いて、賢治は、貞志にくれた。私はまだ若かったので、斜めに引かれた細い斜線を、びっくりして何べんもページをひっくりかえしては見た。私は『春と修羅』を何冊ももらったが、斜線はない。いくら自分の著書だとしても、立派に印刷した詩集を、鉛筆でサッサッと線を斜めに引いて消すとは——とたまげたのだ。

さて健の死後、油町の加藤医院から出た古本（署名寄贈の詩集も何冊かあった）が、岩手公園お堀端のヤミ市の古本屋に出た。ところが、この店で、わが友菊池暁輝《あきてる》が、賢治が署名した『春と修羅』を一冊発見した。健の母が売った諸氏の詩集の中に、まじっていたのである。

これが、立花貞志が、加藤健に「詩は、こういうように書くものだ」と、話して貸したものであった。それが、宮沢賢治をひろめる会の会長として、熱心に働いている菊池暁輝の目にふれて、彼の手に入ったのである。ここにも一冊の本の不思議な運命があった。

その古本屋さんは、『春と修羅』の古本としての価値を知っていたのである。かなりの高価だったが、買った菊池本人は「借金を質においても買わねばならない」ということだったのであろう。全くこういうことの起きることには、驚くだけである。

下山清《しもやまきよし》とはすれ違い

賢治の親戚《しんせき》で、賢治と特に親しかった人に、岩田のオバコさんことヤスさんの娘ムコ殿の徳弥さんがある。

徳弥は、明治三十二（一八九九）年三月二十八日花巻・川口町の舘《たて》に、関徳太郎《とくたろう》・みやの長男として生まれた。

明治四十年花巻高等小学校を卒業。縁戚の岩田洋物店の店員になった。徳弥は大正六年十九歳。秋の一日、盛岡高等農林学校在学中の賢治に会い、人生問題の深い悩みを訴えて解決の道を求めた。賢治は喜んで、参禅していた報恩寺に徳弥を連れてゆき、師の尾崎文英《おざきぶんえい》に会わせたのであった。

徳弥は報恩寺で六日間参禅。同十月、気仙・高田に大條虎介を訪ね、氷上神社で「みそぎ」をした。

大正八年東京駒込動坂に歌人尾山篤二郎《とくじろう》を訪ね、弟子になった。大正十年二十三歳。岩手山不動平の山小屋に一カ月間山ごもりした。座禅を組み、十余日間断食修業をすまして下山した。

それを終り、東京の短歌の同人雑誌に二百三十首の短歌作品を発表。中央歌壇の注目を浴びた。

大正十一年岩田ナホと結婚したが、世にいう入り婿である。

筆名は関登久也にかえた。

大正十三年二十六歳。二月、花巻東公園観峯庵に歌会を開いた。

盛岡から小田島孤舟《おだしまこしゅう》、森佐一、沼宮内からは小島草歌《こじまそうか》、下山清らが参会した。

このころ賢治は熱心に「春と修羅」の中心になる詩を書いていたので、この歌会には出ていない。詩集『春と修羅』の扉《とびら》には、「心象スケッチ　春と修羅　大正十一、二年」と、ある。

賢治が、さかんに短歌を作っていたのは、盛岡高農時代のことだったが、この公園での短歌会に賢治にきてもらうことは、関の念頭に浮かばないように、賢治の文学的状況と時間とは移っていた。

盛岡から汽車で南方一時間の花巻に宮沢賢治。北方一時間の沼宮内には下山清がいた。この時、輝くばかりの天才賢治。暗黒みたいに不幸な天才清。

二人が観峯庵の短歌会で、会えば会える「千載一日」（？）の機会だった。生年と没年とも、少しのずれなのだから。だが、接触することなく無縁に存在していたのである。

20円借用を頼む手紙

宮沢賢治の『春と修羅』の刊行日付は大正十三年春。下山清は、宮沢賢治の名を、私から聞いて、知っていたのであった。同級生の吉田定右エ門の沼宮内の鉄道官舎に行って、私は清とはじめて会った。それよりさき、私は宮沢賢治と盛岡や花巻で、たびたび会っていた。

大正十四年五月三十日消印の清の手紙を引用しよう。

（前略）私はいま、二十円の金がほしい。それで神誠館の易学講義録をとりたいのです。そして兎に角、開業免状だけでも形式的に貰って置いた方が都合がいいのです。通信教授料二十円です。

このことをお願ひしたいのは宮沢賢治さんです。氏は血あり涙ある御方のやうですから、同氏にお願ひして二十円の金を拝借したいのです。氏も一人の人間が生活のために苦しんでいることをおききになって、或ひは同情して下さらないとも限らぬとおもひます。

この問題について、あなたから宮沢さんに十分私の境遇やなにかをおはなしの上御願ひして下さらないでしょうか。

幸い易者として食ふことが出来るようになったら、拝借の金は必らず御返しするつもりです。

森さんどうぞ御尽力願ひます。

私としても食ふみちがあればこの上もありません。開業しても当分は誰も来ないかも知れないけれど――からだを丈夫にするためにも易を研究するのはいいことです。三年間熱心に易の研究をやるつもりです。

宮沢さんへのお願ひは承諾されるか否か、あなたのお考へをまづおもらし下さい。到底だめなやうだったらまた私も考へなければなりませんから……　病床にて　一九二五・五・二六夕たしかに私は宮沢賢治と知り合いになってはいた。が、いかに親しくしてくれるといっても、お金を二十円貸して下さいとは、言えるものではなかった。私はまだ盛岡中学校生徒であった。宮沢賢治の代わりとでも言うように、二十円めぐんでくれたのは関徳弥であった。このとき以後のことになるが、関は二、三回二十円ずつ、清にめぐんでいる。

そのころの二十円というお金はどのくらいの値打ちがあったか。お米が一升三十銭を上下していたことで、大体はわかるということだろうか。

野歩きで性衝動抑え

花巻町の中心地に店があった関徳弥（旧姓は岩田）が、朝早く店の戸をあけて、店の前の道路を掃いていたら、珍しく宮沢賢治が通りかかった。

「※どちらさ、おでんした」

と、徳弥が尋ねたので、足が止まり、ホウキが動かなくなって、立ちばなしになった。

「外山牧場に行って、歩いて帰って来たところです――」

と答えて賢治は、さわやかに笑ったのだ。その外山牧場というのは、盛岡から東方の北上山地の中の牧場だった。

私は、宮沢賢治に連れられて、盛岡中学校生徒のとき、小岩井農場から岩手山ろくを、夜通し歩いたことがあり、外山牧場へ、賢治が一人で行って来たという話にも別に驚かなかった。

が、関徳弥の話には、びっくりした。

賢治が夜中でも、明け方でも、家から飛び出して、野外を歩いたりするのは、「性欲」を鎮圧して、雲散・霧消させるためらしいと、徳弥が、真剣な顔で、私に話して聞かせたからであった。徳弥が、

「外山牧場へ、何の御用で」

と、思わず聞いてしまった。だが徳弥の問いに、賢治は、ぽつりと、

「性欲というものは、ひどいもんだんすじゃ」

と、禅問答のように答えた。

徳弥は、答えに、はっとなったという。私は、徳弥から、この話を聞いたとき、「そうだったのか。賢治作品に夜の作品が多かったのは、そういうことだったのか。それにしても、夜中に歩きながら手帳に書くとき、どうして書いたのだろう」と、私が言うと、

「なあに、同じページに二回書いたりしたもんや——と言っていたことがあったから、夜中で手帳メクラないで書いたもんだべなさ」と、徳弥が答えたのだった。

宮沢賢治の「歌稿」というものがあった。かなり厚い四百字の原稿用紙をとじたもので、黒いクロースが、表紙になって、とじられてあったものだ。

この歌稿から、文語詩になったものが、いくらかあった。そして鉛筆の斜線で消して、抹殺《まっさつ》の意味に受けとることができたものもあった。

この歌稿のあることは、私も徳弥も知っていたが、見せられたことはなかった。

※どちらに、行ってきたのですか

接待にトマト山盛り

中学生の私が、花巻・豊沢町の宮沢家を訪ねた時、賢治のお母さんは、「賢さん、とまりだんちゃ」と、私に言った。賢治は宿直で、家にいなかったのだ。のちに何回も花巻農学校に行ったが、学校は、そう遠くはなかった。しかし、はじめての道は遠かった。

夏の夜だった。

風が吹き抜ける校長室。

トマトがどっさり出た。

畠からもいだものだった。

私のうちは八百屋だったが、まだトマトは売っていなかった。

トマトは、人の肉の味がするそうだ——という巷説《こうせつ》が流布していた時代だった。そのトマトが、丸テーブルの上に、盛りあげられた。

私は、ため息が出た。

「これを食べなければならないだろうか。ゲエゲエと、吐き出したら、みっともないナ」

「のみこむ時、涙など出したら、みっともないぞ。八百屋の息子だ」「トマトは、野菜かクダモノか、まだ知らないのだ」「いずれ、外国から来たものに違いない」「ともかく、食べることだ。平気な顔をして」

私は、やっと覚悟ができた。

その時、風といっしょに、窓から、虫が一匹飛びこんだ。青い、細い虫はトマトの上にとまったのだ。

「ただ飛んで来たのだろうか。トマトを食べるのだろうか。スイッチョだナー」と苦しまぎれにこんなことをぐるぐる考えた。ごく短い瞬間だった。

賢治は大きな立派なトマトを手にして、うす皮をはいだ。そして小皿《ざら》の塩をパラパラふった。

「いっしょに、食べましょう」

と、私の手にその大きな一つを渡したのだ。

このときまたフーッとため息が出た。私は、もうトマトは何べんも、食べたことがあるような顔をして食べなければならないナーと、覚悟をきめた。八百屋の息子なのだからナーと思ったのだ。

私は、明治橋のランカンから、北上川に飛びこんで泳いだときのことをありありと思い浮かべた。

そこで、トマトをおいしそうに、食べなければと、口に入れた。名状すべからざる味であった。

つまり、比べる味が全く無かったのだ。

原稿詰めたトランク

関登久也著、昭和四十二年刊行の角川選書の一冊「賢治随聞《けんじずいもん》」に「リンゴ」という題の文章がある。それをいくらか取捨潤色して、書きぬいてみると——。

◇

賢治さんは、くだものが好きで、よく食べました。味覚を楽しむというより、新鮮なリンゴに、かぶりつくというように、食べるのでした。

昭和七年のある秋の夜のことです。賢治さんに、上町通りで、お会いし、これから東公園に行きませんか、と誘われました。賢治さんは、八百屋によって、色のよいリンゴを五つ買いました。公園に行きますと、ベンチに腰かけ、早速リンゴをガリガリと、皮もむかずにかじり、賢治さんは三つ、私は二つ、食べました。

その夜は、ほんとうに水のしたたるような気分のよい夜でした。賢治さんは、天文や星座などにも明るい方ですから、星の話や星座の話も聞かされ、星座の名前などを教わりました。

私は、そのときいた星や星座の名前は、全く記憶しておりませんが、そういうさわやかな秋の夜に、皮のままの大きなリンゴを、たちまちのうちに三つも食べた賢治さんの食欲に、おどろきの目を見張ったことでした。私まで、つられたようにリンゴを二つも食べてしまったのも、賢治さんに刺激されてのことでした。

◇

◇

そして「賢治随聞」には次のようにもある。

賢治さんは東京へ行って、三千枚もの童話を書き、百千の詩稿、ただそれだけを土産に花巻に帰ったのは、まだ若い二十五、六のころですが、迎えに出た清六さんが大きなトランクをさげて、お二人で私の家に寄られ、「この中にいっぱいの作品は、これは私の子供です」とも言いました。

このとき、清六さんが、花巻に出迎えた。汽車から降りてきた賢治が、清六さんを見ると、ニコニコ笑い、「これ、子供こさえるかわりに書いたものだよ」と、ズシリと重い赤革の大トランクを、清六さんに持たせた。豊沢町のわが家に帰る途中、清六さんといっしょに、関徳弥の店に立ち寄った。

◇

この原稿の類は、すべて清六さんが、防空壕《ごう》に入れて戦災から守り、こんど宮沢賢治記念館におさまると、公開されることになる。

ポプラ・銀ドロを好む

大正十四年、花農校長に、中野新佐久《しんさく》さんが来任した。賢治はおどけたところがあって、人まね物まねなど、うまい。

職員室で、賢治が新佐久校長の歩き方を真似して、劇の登場人物のように歩いて見せていた。そこに新佐久校長が入って来た。先生たちは、はっとし、賢治は、てれくさい顔をした。校長さんがいなくなってから、みんなで大笑いした。そのためでもなかろうが、校長室ができて、校長は職員室にいなくなり、みんなよろこんだ。

運動場の向こうに、熊さんという人が住んでいた。しょっちゅう、酒の勢いで学校の玄関先で、大声で、くだをまいた。おかみさんが学校の畠《はたけ》から、ときたま、だまっていただいてゆくのを注意されての事だった。

ところが、この酔漢熊サンも、賢治にはアタマがあがらなかった。職員室をのぞいて、賢治の姿が見えると、すごすご帰った。花農のグラウンドに、相撲の土俵ができた。中等学校の競技大会に相撲があった。賢治も相撲をとった。生徒に勝ったり、負けたりだった。

新設花農は、ひろびろとしたところに、ポツンと見えた。賢治はポプラの苗木を買ってきて、場所をえらんで植えた。ポプラは、みごとに育ったが、戦争中に、敵機監視の邪魔になると、伐《き》られてしまった。

こんど中央公民館の庭園に、風の又三郎の群像ができた。近くの賢治詩碑のまわりに、賢治の植えたサクラとポプラが、巨木になっている。農村を明るくするために、まず家のまわりに、ポプラを植えたいという念願を持っていた。羅須地人協会の庭の、銀ドロは、巨木になって、美しい葉裏をひるがえしている。

ところが、おもしろいこともあるものだ。賢治のいとこ岩田豊蔵さんが、「賢治さんは、木を植えるときポプラや銀ドロを植えたがった。どっちも生育が早く、ドンドン大きくなるが、パルプにしかならない木だ。賢治さんは、早く亡くなる人だったから、木まで、さっさと大きくなるのを植えたんすじゃ」と、言ったことがあった。

私は、この話に感心した。

松や杉など、古風な、陰気くさい感じを追放するためのポプラだと思っていたのである。

昔からの道徳に挑戦

花巻で、ベンとトクと言われていたと思うのだが、姓も名も、知る人は少なかった。昔の事。この町では、人が良くて、少し足りないが、名物と言われた。私は若い頃《ころ》、上町通りを向こうへゆく、二人並んで町回りをする後ろ姿をいっぺん見た。

何か宣伝用の旗を、昔の旗指し物のように持って、歩いていたものだった。

ところが、おかしなことに花巻で、宮沢賢治と藤原嘉藤治《かとうじ》を、ベンさん、トクさんの二人組のように言った人があると聞いた。半世紀も前のことを、ここに私が書くのは、ことは小さいけれど天才に間々あることが、賢治にもあったのだなという感じをもつからである。

藤原・宮沢のおふたりが、リンゴを丸ごとかじりながら町を歩いていたのは、片や花巻高等女学校の、片や花巻農学校の、れっきとした新進気鋭の先生だった。このことに注目しなければならない。

邪気がなくて、子供っぽくて、純粋で、リンゴをかじりながら、町を歩く二人が象徴したものは、なんだったのか。

喜怒哀楽を表さない、表しては、いけないという、長い間続いて来た日本の社会体制の持つ、道徳の一つだったものを、二人がこわそうと思う意志が、出てきたのだというように考える。

リンゴをかじりながら、そとを歩くということについては、ずっと後年になって、盛岡にアメリカの占領軍がやって来たときの記憶がある。若い女たちは、みんなどこかに隠さなければ——

という、巷説が流れた。若い女と言っても、山脈の中の小さな村でもあるまいし、盛岡市内などでは、どこに隠せるというのかネと笑った人もあった。

そのアメリカ兵が、盛岡の郊外上田あたりのリンゴ畑で、リンゴをひとつもいだのだ。ところが、彼が去ったあと、そのひとつもいだ、リンゴの枝に、荷札のように、一枚の十円紙幣が風に吹かれていた——ということであった。

そのころから、リンゴをガリガリそとで、かじる風習が盛岡あたりにも現れたのだが、いまはまた、あまり見られなくなった。リンゴは、何回も消毒されるのだから、やっぱり、よく洗って、皮をむいて食べた方がいいのだ——とみんなが思うようになったのだろうか。老生（わたくし）には、よくわからない。

そこここに義理堅さ

宮沢賢治と、枕《まくら》をならべて寝たことが、三べんある。一ぺんは、花巻農学校の宿直室で。もう一ぺんは、花巻下根子桜の羅須地人協会。三回目は、盛岡市鉈屋町寺ノ下。私の父が建てた、物置を兼ねた、ただ、かんじょう一方の二階家の、二階の部屋であった。二階は、天井も張り、ふすまも普通であった。

その座敷は八畳二間《ふたま》通しで東南にエンガワ。八畳間が二室。北西は板敷き。ヤキフ、シイタケ、乾物の類の、がさばるものがいっぱい、下の土間には、大根、人参《にんじん》、葱《ねぎ》などのつちもの。

そして土間の真ン中に、六尺とか八尺とかいう、大きな「コガ」だか、「タル」だかが、居すわっていた。騎兵・工兵の軍隊用漬物《つけもの》を漬けるものだ。

高等農林は岩手公園を回り、日清軒でハヤシライスをごちそうになった。二人で我が家に着いた。着いたとは、クルマか何かのようだが、徹頭徹尾、歩いてである。

賢治は、四間《よんけん》四角四面の家に、まず驚いた。二階にあがる一間《いっけん》はばの、がんじょうなゆるい傾斜の階段にも「ホホウ」とびっくりした。

二階の板の間の大きなお茶箱などを見ると、改めて階段から、階下をのぞいた。ふす間の板戸をあけて入り、「新しい家のにおいというものは、よいものですネ」と、笑った。煮たり焼いたりといった生活のにおいが、全くしないことを言うようであった。

「お茶菓子も、クダモノも、何も、食べませんから、いりませんから、おうちに言ってきてくれませんか」と言った。店にいって母に言うと、「おかたいものだごど。寄宿舎にまで行って、ごちそうになる人とは、まるでちがう。西洋料理まで、ごちそうになったり、おもうしわけないごど――」と、なげいた。

次の朝。布団も、寝巻も、きちんとたたんで、宮沢さんは、もう居なかった。影も形もないとはこの事。母にしらせにゆくと、さんざん、こっぴどくやられた。

「知らない間に、そっこそっこ※と帰ったのは、あの人の好きでしたごどだべし。すかたないナ」と、口答えし、火に油をそそいだように、ぶりかえしておこられた。

「駅の帰り、朝早く町を歩いていると、お散歩ですか、お早うごわす――と、向こうから朝のあいさつをされるんです」と、のちに賢治は笑った。

※こっそりこっそりと

自ら「出家」の心境に

宮沢賢治が、花巻下根子のサクラの別荘で、農耕自炊の生活をはじめた時。林の中に河原から石を集めて、小さからず大きからず、中型の釜《かま》をのせてご飯をたいた。

そんなことを、人のうわさで耳にしたお母さんは、※むぞやなと心を痛めた。ある日、ナスやナマリフシ（蒸したカツオ）なども入れて、おいしくできたヒッツミを、何かに入れ、妹のクニさんが持って、二人で羅須地人協会にやってきた。「賢さん」に食べさせたい一心からだ。

食べるものも食べないで、きつい百姓しごとができるものではない。病気になったりしては、元も子もなくなってしまう。このままでは「※こと」になると思っていたのだ。

もちろん賢治が、釜でご飯を炊き、※あめないように、ザルで井戸の水面近くのところまで、つりさげていることも、お母さんの耳に入り、「ホニホニ……」となげかせていた。

せっかく作って、母と妹と、二人でわざわざ持って来た。そのヒッツミを、賢治は、すげなく、

「オラは、ぜったい、ぜったい食べないんだから、持って帰ってんじゃ」

と、いった。強烈な、肉親愛の拒絶症とでもいうより、しかたがない言葉であった。彼は「出家した」と思い、そう言っていたのである。

そこで、お母さんと、クニさんは、すごすご豊沢町の家に、ヒッツミをさげて、帰ってきたのである。そして二人は、

「台所の入り口の戸のそとで、カタマリコになって、声を殺して、泣いていたノス。お父さんに知れたら、大変だもなサ」

と、話したのは、岩田のオバコさん、ヤスさんである。「※オライサンのおちるようにおどさん※にくられるにきまっているからナサ」と、いうことであった。

「カタマリコ」になってという表現に、母と子が抱き合ってむせぶようにして泣くようすが、よくわかるというものである。

岩田のオバコさんという人は、政次郎さんの妹だが、いつでも兄政次郎さんの、賢治に対する態度に、「小乗的で熱烈な反抗の言葉」を漏らしていたし、賢治や、お母さん、クニさんたちには、何でもかんでも、「大乗的な立場と愛情」で、かばうことにしているように、私などには見えた（大乗、小乗について「　」でくくった二つの短句は筆者のことばではない）。

※かわいそうに　※一大事　※傷まないように　※お雷さん…カミナリさん
※叱られる

実家に戻り料理勉強

岩田のオバコさん（ヤスさん）は、賢治の父の妹だが、兄の政次郎さんとは、かなり性格がち

がい、竹を割ったような、親分はだのところもあり、賢治の庇護《ひご》者の筆頭だった。

さて、賢治の母イチさんは、十八歳でお嫁いりした。次の朝早く、台所に来てみると、ヤスさんは、もう起きて、たすきをかけて、かいがいしく、ながしで何かきざんでいた。

台所のヤスさんの足もとには、四角な、余り高くない、一升マスの細いような踏み台が見え、ヤスさんは、それに乗ってかせいでいた。小学生のようにも見えるヤスさんが、おとなのように鼻ウタを口にしながら、せっせと、何やら、きざんでいたのである。

それが目に入ると、一夜あけた花嫁さんのイチさんは、びっくるするやら感心するやらで、心にせまるものがあり、すぐ座敷にひきかえすと、おしうとさん、おむこさん（政次郎さんのこと）にお願いした。

お里帰りを早めて、きょうから、今すぐにでも、実家に帰らせていただき、いろいろ習いたいことがありますという意味のことだった。

イチさんが後年、このことを、私に話して聞かせた。

つぎつぎに産まれた弟妹を、おんぶしたり、めんどうを見たり、かんじんの裁縫や料理などを習うひまがなかった。それに、実家には、女中もバアヤもいることで、「私は、こどもをかてる※ことばかりしていあんしたのス」ということであった。

このようなことで、イチさんは婚礼の次の日には、実家に帰り、熱心に、台所しごと、食事などのことを習った。何しろ、宮沢家の老主人喜助さんは、台所に、大きなカメを何本もならべ、それに漬《つ》けた、おこうこうを好んで食べるという食通のような人だった。

賢治の病室の下の土間か板間か、そこに漬物樽《つけものだる》やカメが並んでいるのを、私も見知っている。

さて、宮沢家に来た客たちに、

「こちらさんでは、お嫁さんをもらわれたと、お聞きしましたが、いつ来ても、おるすで、お目にかからながんすナ」と、いわれるような、あんばいだった。

※めんどうをみる

デクノボーッと大喝

ひそかに、他の人にみせないで描いて置いた『自画像』のようなところもある「雨ニモマケズ」であるが、その中に「イツモシヅカニワラッテヰル」がある。この一句を抜き出して書いても、金言や格言には、すぐにはならない（後代のことは知らないが）。

これはたしかに、「ナムアミダブツ」や「ナムミョウホウレンゲキョウ」と、違う。どうしても、詩の一行の感じを持つ。切れっぱしのくせに、一句で人を感動させるから、妙だ。一句で全人的、全体的に作者を象徴している永遠の新鮮さみたいなものを持っている。

賢治は、手アカだらけになった「お題目」を、新鮮なものにしたいものだと、心の深部に持ちつづけて、とうとう「雨ニモマケズ」に結晶させたものだろうか。

賢治といえども、若年のころは、意気さかんで、年長や長老の人たちと、はげしく仏典などについて議論した。

当時の阿部千一岩手県知事の厳父、晁《ちょう》翁は、顔も体も堂々とした人だった。この晁さんは、はげしいところもあり、賢治と会えば、どこでも話は激論になるならわしだった。

ある時、花巻上町の大通りで、論争が大激論になった。通行人や店の人々は驚き、ちょうど関徳弥の店の前だったが、勢いの激しさに徳弥は仲裁に飛び出すことが、どうしても出来ず、「カナシバリ」になったようだったという。阿部晁さんは、湯口の村長もした。政次郎、賢治二代にわたっての、よき友人だったし、論敵でもあった。

賢治の亡きあとの追悼会が、花巻の大きな料亭で開かれたときのことだった。多くの人たちが、ぎっしり集まった。

私の記憶では、開会して、間一髪のときだった。広い会場が破れそうに、「デクノボーッ」と、大喝《だいかつ》一声した人があった。この人は阿部晁さんだった。爆弾が破裂したような、といったことで、会場はどよめき、そしてシーンとなった。

賢治の「雨ニモマケズ」の手帳は、死後に清六さんが、トランクのポケットから発見した。それに、「デクノボートヨバレ」という言葉がある。この「オタケビ」に、私は、ひどく感嘆した。

女流作家五人の感動

ダム建設が、さかんになったことの、もとになった考え方は、何だったろうか。

ひとは一人で、一年に一石の米を食べるという、大ザッパな計算で、一般国民や兵士を養うということと、コンクリート築造の進歩だったろうか。

もちろん敗戦以前のこと、田瀬にもダムを造り、海軍の水上機の発着水面にするということだった。土沢町（現在の東和町）出身の海軍軍人で、枢要な位置にいた、つまり司令官か大臣の発想と伝えられた。

大政翼賛会の下部組織が、山王海ダムを見学するために来県した五人の女流作家の歓迎会を開いた。女流作家が大勢で来県することなどは、めったになかったので、公会堂の二階に大勢参集した。

五人のうちに、網野菊《あみのきく》さんがいた。この女流作家たちが、ダム見学で山王海にゆく途中、花巻の宮沢家に寄られた。そこで、私は、「すけに来てくれないスか」と、電話があって出かけた。女流作家が、五人もそろって、ということは、宮沢家にも、これまでにないことだという。

そのときのこと、
裏の離れの一室で、網野さんだったと思う。たまたま、日本女子大学の出身とわかった。すると、宮沢さんのお母さんのにこやかな顔が、いっそう生き生きとやさしくなった。

くつろいでいる網野さんに、ていねいに頭をさげて、

「トシさんが、その節は、いろいろと、おせわになり、ありがとうございました」と、ていねいに、お辞儀をして御礼を言った。私は、このときは、ほんとうにびっくりした。

網野さんとトシさんとは、「年代」も「科」も、違うことだったのではないか。お母さんの丁重なお礼は、まるで寄宿舎でいっしょで、お世話になった――ということのように、懇切なもの

ごしであった。

我が娘がお世話になった日本女子大ということだけで、こんなに、心あたたまるお礼を申しのべられ、この五人の女流作家が、どんなに感動したか——ということは、その場では、ピンと来なかったが、ダムへ向かう自動車の中で、涙をこぼしそうな網野さんはじめ、ほかの女流作家の感動を見て、私も涙が出そうで困った。

初孫に祖母は大喜び

宮沢賢治関係の著書に、彼の出生地を「岩手県花巻市」と書くものが多い。賢治の生まれたのは、母イチの実家、岩手県稗貫郡里川口村川口町四九二番地である。

賢治出生について、伝記的な本には、似たりよったり、そうたいした間違いはないが、私は岩田ヤスさんからの聞きがきを書いておこう。

◇

賢さんは、明治二十九年、旧暦の八月二十二日、新の八月二十七日生まれで、場所は実家の鍛治町の宮沢善治さん宅です。

初孫なので、おばあさんのキンさんは、なんの、かんのと、用事をこさえては、毎日産人《さんと》見舞いにゆきました。実家と婚家とは、そんなに遠くなくて、同町内といってよいほどでしたから、無理もありません。

末っ子の私が、十七歳のときで、十七年ぶりで見る赤ん坊が、初孫なのですから、おばあちゃんばかりでなく、親類中からめずらしがられて、さいわいな子でした。

ところが、一大事が起きました。

おキンさんが、宮善さんにゆこうと、町をあるいていたとき、にわかに大地震が起きました。キンばあさんは、人のケもなくなって、命からがらころげるように宮善さん宅に、かけこみました。産室に入りますと、イチさんは、賢さんを入れた※嬰児籠《えじこ》に、かっぷ※して赤ん坊をまもり、なかば気を失っていました。庭のトウロウが、大きい音をたてて倒れたり、家の中では家具が倒れ、カラスも飛べなくなったそうで。向花巻の坂で、何尺も土が割れて、水と砂が、勢いよく噴き出したり——ということでした。

このとき、かんじんのお父さん（政次郎さん）は、関西に仕入にでかけていました。

こんな話を聞いて育ったためか、賢さんは、おとなになってから、「どんな災害があっても、花巻の町だけは自分の祈りで、災害からまもる」と、言っておりました。

※かつてよく使われた乳児用の保育籠《かご》　※おおいかぶさって

祖母より母に似る

宮沢賢治の父、政次郎翁は、明治七年に生まれ、昭和三十二年に亡くなった。質屋・古着屋は、父喜助のあとをついだもの。よく父を助け、十五、六歳から家業を手伝い、勤勉・努力家で、信仰心に厚かった。

こういう父から、自由奔放な変わり者の賢治が生まれたのは、不思議だと言う人もあった。孫は祖父母に似ると、よく言われているが、私が見るところでは、一番よく、母に似ていたように思う。父系・母系の両方を、さかのぼって調べる必要があろう。

質屋も兼ねた古着屋といっても明治・大正時代の商事情をよく知らないと、本態と別なイメージを与えられることもあろう。

朝炊いた朝メシの大半が入ったご飯がまを、夕方まで質入れに来るとか、着て来た羽織を、ぬいで質草に置いてゆく。それが、ちょっと貸せ、葬式にゆくので——と他人から、かりたものだ、という話は、どこの質屋にも、あった話である。

ところが、政次郎翁の「古着屋」は「呉服屋」風なところもあったのだ。翁は、若い時から、仕入をまかされていた。東京、大阪、名古屋、つまり関東・関西に仕入れ先を求めて調べて歩いたのだが、花巻にぴったりのものの仕入れ先に、四国の丸亀をみつけた。

古着といっても、新品の流行おくれが多かった。質流れの古着とは、全く別物だった。東京や大阪から、流行は、まるい輪か波のように、中都市や小都市と地方へひろがるもの——と政次郎翁から聞かされた。名古屋では、まだだめで、丸亀は、ちょうど花巻の一級上ということのようであった。

東京、大阪で仕入れるのは、仙台あたりの古着屋むきで、はですぎるということだった。丸亀をたずねあてるには、時間と旅費とたいへんなことだったろうと思う。

生誕の声をあげたときも、父は関西旅行中だった。このような事情から、政次郎翁の弟治三郎が「賢治」の名付け親になった。この天才の出生には、伝記作家の好むものが多いように思う。

『春と修羅』花巻で印刷

昭和十五年二月七日、大手先山口活版の山口徳治郎《とくじろう》さんから、お聞きしたこと、二、三。

◇

『春と修羅』を自費出版するとき、宮沢さんは、原稿を持って、店においでになりました。そのころ私ら方では、花巻に支店を出し、「大正活版所」ということにして、開業したのでござんした。ここで『春と修羅』の文選・組み版をしました。校正も盛岡でするよりは、好都合なので、花巻支店で、印刷することになったもので、ござんす。

開業したばかりで、活字がそろっておらなござんすから、宮沢さんが、ご自分で、何十回も盛岡に、とりにおいでになりあんした。印刷費だけでも、二、三百円はかかったと思いあんすが、「汽車賃」と「※ヒマダレ賃」も、相当なもんだと思いあんした。宮沢さんは、いつでもニコニコしておられるので、恐縮したもんです。

「おやじが、株で、もうけたので、印刷費用は出してもらいます――」と、宮沢さんは言っておられあんしたよ。花巻では印刷だけで、製本は東京でやりあんした。ほんとうにいろいろ、めんどうなことを、少しも苦にしないで、おやりになったもんで、ござんすナ。

「肥料用炭酸石灰」の広告文の印刷は、昭和六年二月九日でござんして、大きな、新聞一ページ大のチラシ五千枚印刷でござんす。

六月の二十六日には、「精白に搗粉《つきこ》を用ふることの可否について」は五千枚でござんした。

昭和七年二月の「肥料用炭酸石灰について」の印刷代は、四十七円五十銭いただきあんした。この三種の印刷は、盛岡の工場でやりあんしたが、校正は、花巻に送ってあげあんした。

盛岡・花巻間、汽車賃はかかる、時間はかかる――たいへんなことだと、同情申し上げますと、汽車に乗っていることは、全くよいことで、物を考えたり、乗っている人や、停車場で話している人の話をきいたり、とても大事な時間で、「ヒマダレ」などでは、ありませんよと、おっしゃって、笑われたものでござんしたナ。

※ムダな時間つぶし

働く人への思いやり

内丸県庁裏のいま駐車場になっているところに、山口活版所があった。山口活版に向かって左側は空き地になっていたが、これは、無意味に空き地にしていたものではなかった。

山口活版に、用があって行ったとき、私が、「おとなりの空き地は、どちらさんのものでござんすか」と、尋ねたことがあった。

「はあ、おらほのもので、ござんすども――」と、徳治郎さんは答えられた。あっさりしたもので、知らぬは、私ばかりだったのかと、恥ずかしくて、二の句がつげなかった。

内丸の興産相互銀行（現在の北日本相互銀行）が、新築のとき、この空き地に、仮営業所が建った。このとき、銀行の鎌田賢三さんが、地代について尋ねると、「あけて置くのでござんすから、ただで、よござんすよ」との答えだった。

ともかく、新しい銀行が建つまで、かりることだし、市内でも有数の「交通至便の地」だから、借地代も、相当のものだろうと、だれでも思うにちがいない。

興産相互銀行が、新築成って、ここの仮屋から、引っ越すことになった。すると、こわして去るのは、もったいないと思った鎌田さんは、払わない地代のお礼に、物置にでも使ったらと、山口さんに差し上げることにした。山口活版では、盛岡北方に新築移転して、ここを駐車場にしたとき、その角の建物を事務所や連絡所に使っているようだ。

まだ山口活版が、こっちにいたときのこと。

「おとなりのアキ地は、お金はナンボでも積みますと、ゆずってほしい人が、しょっちゅう来るんでしょうなア。大銀行や大会社の支店などには、これ以上のところは、なござんすナ」と、私が言うと、山口さんは、

「わたしら方の工場に、風を入れ、日をあたらせるために、空き地にしているんで、ござんすよ」と答えた。

工場のなかで働くひとたちのために、日光がささなくならないように、空き地にしているということなのであった。

盛中校友会雑誌に注目

山口活版主人徳治郎さんが、おすまいの「老梅園」から、寺ノ下の私宅に来られた。これは、いま考えると、びっくりするほど、大変なことだったが、あとのことにして、私がはじめて山口活版に行きはじめたことを少し書きたい。

われわれが山口活版で盛岡中学校校友会雑誌をつくるとき、沼宮内鉄道官舎から通う吉田定右エ門と、馬町の角の家にいた半沢武四郎、惣門の八百屋の森佐一、それに一年下級の上田重彦（石上玄一郎）が加わった。

この校友会雑誌は、私は、どこかにしまいこんで、いざ使うというときに出て来たタメシがない。一年生とか、二年生の時のものは出てくるが、肝心のものは、「恥ずかしがって、出て来ないんデスヨ」ということになっている。

この雑誌編集のときは、雑誌部長の先生にも、さっぱり相談しなかった。だから、あり得ないようなことをやったということになる。もちろん、校長の文章や先生の文章は一行も出さない。川島先生の俳句を二ページ二十句。あとは、小説や詩やいろいろ。巻末に、校友会各部の報告記事が、チョコッと出ているという、あんばいであった。

雑誌の半分以上は、野球とか柔剣道とか、校友会活動の記録を載せるのが通例の常識だったのが、全く無視して、文学雑誌みたいにやってしまった。いっさいの行事については、行数を制限したほか、原稿用紙まで、数枚ずつ渡した。

そこで、私を胴上げしたり、なぐったり制裁を加えよう——と言う声が柔道部などを中心に出た。けれども、「柔弱な一人を、力自慢の者どもが、胴上げの、あげっぱなしにして、落ちてくるところを、みんなで蹴《け》り上げたら、これは盛中の歴史にのこる、愚行醜談になる。やめた方がいいじゃないか」という冷静な一人の発言があって、私の胴上げの上げっぱなしは実現しなかった。レイテで死んだ海軍少佐大仏さんこと吉田幸一だ。

校友会雑誌のことから、思い出すことが、いろいろ出てくるが、宮沢賢治の作品が、校友会雑誌にのるようになったのは、私らが卒業した前後で、『春と修羅』『注文の多い料理店』が出てからだった。

やがて世は、昭和初頭から後年の軍国主義時代に入るのだが、その自由主義横溢《おういつ》の流れのすみっこに、存在したような雑誌に賢治が注目し、興味を持って目を通していたということは、おもしろいことである。

笑う横光利一《よこみつりいち》に感激

文藝春秋では、ずいぶん前から全国各地で、文藝講演会を開催している。講師は、数人。文壇の大家、中堅、新進を組み合わせ、聞きごたえのあるもので、地方の人たちが、中央の名のある作家のナマの声を聞けるので、好評だった。

昭和十二、三年ごろだったと思う。盛岡の講演会には、横光利一、佐々木邦《くに》、吉川英治、小島政二郎という顔ぶれだったと思う。横光さんは、文圃堂《ぶんぽどう》版宮沢賢治全集出版の恩人。私たち三人、宮沢清六、菊池二郎、森惣一が、六日町（現在の肴町）の高与旅館に、横光さんを訪ね、敬意を表した。

横光さんは、一室に私たちを招き入れ、いろいろ話が、はずんだことだった。みると、火ばちの灰に、「チェリー」が、たくさん立っていた。立っていたと言えば、大げさだが、数十本の吸い殻が、立っているのである。そして、そのわけは、すぐわかった。横光さんは、一本のチェリーを、ほんのちょっと吸うと、すっと灰の中にさしてしまうのである。

私などは、パイプで、ゴールデン・バットをのんでいたが、キセルで、日本たばこを吸うように、余すところなくのんでいた。

私たちはそのころ、三人ともたばこをのまなかったが、横光さんが、一服すると、スイと灰に入れてしまう「のみかた」に、顔には出さないが、心中ではびっくりしてしまった。

ところが、さすがに横光さんだ。私たちが、何となく先生のたばこに気をとられているのに、気が付かれたらしい。幾箱か、チェリーは、からになって、火のない火ばちの灰の一面に、カラは林立していたのだ。それに私たちが驚いたのに気が付かれたのだ。

先生は、「あ、これ」と、笑った。そして、とうとう、私たちは、横光先生の「微笑」を「至近距離」で、お目にかかったのだ。そのころの横光さんは、ゴシップの種になるときは「文学の神様」という言葉が、きっとついているのであった。

横光さんは、

「ニコチンは、こわいですよ」

と、言われた。そして、

「あすは、小岩井農場に、連れて行って下さい」

と、私たちに頼まれた。

賢治の「小岩井農場」は、八百行の詩ですと、大げさに私たちが言ったからかと、恐縮してしまった。

酒袋のコート話題に

奥州山脈・雫石地方が、集中豪雨に襲われ、主流の雫石川が、ぐんぐん増水しはじめていた。小岩井を目ざして、自動車にはまんなかに着物の横光利一さんが乗り、助さん格さんみたいに、左に私、右に菊池二郎が乗った。彼は洋服で、私は着物だった。

横光さんは、二郎のコートに気がつかれ、

「失礼。このコートの服地は、何ですかネ?」

と、二郎のコートに、さわりながら、尋ねられた。そのコートは、何となく、色も地も、やつれ果てた感じで、ひとことで言うなれば、西洋の乞食《こじき》が着ふるしたコートのように見えた。

横光さんは、しばらくコート地の感触を、たのしまれていたが、

「麻ですネ――」と、つぶやかれた。

二郎が答えた。

「古くなったインドの酒しぼりの袋でつくったものだそうで――」

たぶん、横光さんの目がキラリと光ったのではなかろうか。

「なるほど、いくら考えても、さわっても、わからんはずだ――」

と、横光さんは言われた。まさしく、酒をしぼったと聞かされると、ハハアとわかるという「しろもの」ではあったが、また「天下一品の最高級品」とも、言えるようなものであった。

「盛岡は、こわいところですナー」

横光さんは、コートから手を離されてかすかに笑われたようであった。二郎も、あとは何の説明もしなかったし、横光さんも、窓の外に目をうつされて、

「大丈夫ですかネ」と、聞かれた。

自動車が、猛烈に、水しぶきをあげている。道路には、いくらか濁水が、あふれはじめている。自動車というものは、半分ぐらい水に沈んでも、気密的にできているので、大したことにはならないだろう、とは思ったが、こんなところで、エンコしてしまったらと、かすかな不安が、頭の中をよぎった。

これは私だけで、二郎と横光さんは、何やら、話題を、インド酒袋のコートから、着物の話に、集中しはじめたようであった。豪雨や自動車のあげる水しぶきなどは、全く目に入らないようであった。

公会堂で「賢治」を講演

車中の話は、インドの酒しぼりのコートから、「マータイ」という中国語に移った。「麻布」ということらしかった。使いふるしのマータイをコートにしているのは、前代未聞だが、「流行する可能性はある」と横光さんは笑った。

横光さんを連れて、御大の菊池寛先生が、講演旅行に出ると、大変なことになる——というような話を文藝春秋社の人から聞いた。

横光さんの「挙措《きょそ》」（行動ということか）を、菊池先生は、旅館でも、車中でも、注意しているように社員に言うだけではなく、先生がご自分でも、たまりかねて横光さんの世話をなさる、というようなことであった。どっちが先生で、どっちが生徒か、わからないようなことだったようでもあり、親子の愛とか、師弟愛というものの表れのようでもあった。

「宮沢賢治は、大変な出現だ」——とは、横光さんは、私たちに口では言われなかった。だが、公会堂の演題を変えて、宮沢賢治を話したことは、まだ、宮沢賢治について「概念」を持っていない盛岡の多くの人々を驚かした。高与の玄関に立って、丸いテーブルから、色紙と筆を執った横光さんは、文字を書かれた。

「蟻《あり》が塔の上にのぼって、月が天心にある」というようなものであった。その一枚をいただいた私は、そのころ、若いくせに森老とか森翁と言われていた。「物ニ於テ執着セズ」という、宮本武蔵か、老子の言葉を生涯の『持ち句』にしようと思ったりしていた。

横光先生の色紙は、高橋忠弥画伯にくれた。後年、高橋画伯が、東京に、はじめての家を建てたとき、行って見たら、横光さんの色紙は、上品な『丸ガクブチ』に入り、玄関にかざられていた。

私が、色紙、短冊の類を集めないことには、わけがあった。あるとき、盛岡の俳句の催しに行った。真夏だったが、盛岡の高名な俳人らしい人が油紙に包んだ短冊を、背中から、ひきだすのを見た、私がびっくりしたのを見た老俳人は、

「お若い。勉強しなければならないことが、たくさんござんす、ナッス」

と、軽く私を戒めた。私が、色紙、短冊を、一生書くまいと思ったのは、そのときからであった。

「意識の流れ」に従う

横光利一さんが、「文学の神様」と言われたことの因子は何故かということを考えよう。

日本の小説を、近代世界文学並みのレベルに高めようとした仲間、新感覚派の作家たちは、横光氏を旗頭に、いろいろな文体の作品を発表した。

欧州大戦後、欧米の芸術や文学が起こした、ほうはいとした傾向、「意識の流れ」を、作品の指標にした運動であった。日本では、菊池寛門下の若い作家たちが、「新感覚」の旗印のもとに、「意識の流れ」に立った小説を発表しはじめた。

「意識の流れ」によって書かれたイギリスのジェームス・ジョイスの『ユリシーズ』は、昭和七年二月に第一分冊を出し、昭和十年第五分冊が刊行された。

ところが、宮沢賢治の『春と修羅』第一集は、大正十三（一九二四）年に刊行された。『ユリシーズ』と『春と修羅』は、同じ時期に発想起筆された。洋の東西で新しい文学作品がほぼ同時に発表され、どっちも「意識の流れ」を手法にしていた。いま歴史的にふりかえれば、そうなのだ。当時それに気がついた人は、ごくまれだった。横光氏はその一人。

「小岩井農場」は、数百行。作者の進行と同時に行《ぎょう》を合わせて、書かれた詩だ。『ユリシーズ』は、一人の主人公の一日の生活を、「意識の流れ」に従って書いたもの。詩と小説のちがいはあるが、発想は全く同じである。

○

小岩井農場への自動車の中で、横光さんが私の着物と足袋に気づかれた。

「洗いざらした、よい紺いろですネ」と、私のカスリの着物をほめ、続いて、

「これもまたよい色——」

と、私のはいた、洗いざらしの紺の木綿足袋に、身を折りまげて腕をのばされ、じかに、ご自分の手でさわられた。

質屋話を聞いた横光

宮沢さんの家業が、古着屋と質屋だったことの続き——。

けさ炊いた朝飯の鍋《なべ》を、家族に食べさせず、もちろん自分も食べずに、そっくりそのまま、手

をつけず、質草に持って来て、三十銭とか五十銭、バクチの元手に借りる建設作業員もいた。バクチに勝って、夕方には、一升びんの「田舎正宗」をぶらさげて、けさ、質に置いたメシガマを、持ち帰る明治の人たちの話などを横光さんは聞いて、

「そうですか」とうなずかれた。世間バナシに興ぜられることのない深沈としたお人と、私は、感動した。――だが、しばらくの沈黙のあとで、横光さんは、

「質屋というものは、質入れされた品物は、なんでも大事にするものです」と言われた。

そして、別の話題に移った。それは、賢治とは関係がないが、記録して置きたいと思う。年代的には、賢治よりやや若い文壇の新進作家のお二人さんの話である。

Kさんと0さんである。

鈴木彦次郎さんは、どちらとも親しかった。「大森住まい」のためであった。

おふた方とも、着物道楽らしく、仕立ておろしの高級の着物を着ると、きまって近所の鈴木さんの家に、ぶらりと、やって来られたものだったという。

鈴木氏邸で、おふたりが、いっしょになることは、全くなかった。おひとりのゲタが玄関にあると、あとにこられたおひとりは、くびすをかえしてさっと帰ってしまう。

どっちも、着物道楽らしかったが、片や東海道次郎長一家のふるさとの出身。片や、お江戸下町の質屋の出。――どうしても、下町出身の0さんと、田舎者のKさんは、作風でも和服でも、好みが別だったんですねと、鈴木さんは笑ったものだった。

着物の秘密話す横光

文壇の大家のKさんとOさんが、大森の鈴木さんのお宅に現れるときの着物の話とは、まったく違った横光さんのことだった。

横光さんは、

「こういうことは、東京では、絶対しません。秘密です」

と、話された。菊池二郎と私は盛岡人なので、気安く、きかせてくれたのだろう。

その横光さんの着物の秘密というのについて、私は、

——ははあ、タネや仕掛けがあるのだナ。横光さんの小説には、仕掛けやタネが多くて、恐ろしい小説という評判だけれども、着物にも秘密があるということなんだナ、と心中あきれた。そこで、思い切って、

——秘密って、どういうことなんでしょうか？　と、おずおず、たずねた。

それは次のような「秘話」であった。

東京の「カキガラ町」というところに日本の相場の市場がある。そこの近くに一軒の質屋がある。その質屋さんと横光家は、とても親しくしている。

株屋さんが株価の変動で一文なしになると、質屋に、どさっと質物を持って来て、再起の資金にする。ところが、それでも失敗すると、入質の品を、みんな流してしまう。

日本では、一番派手な連中が、まだ、一ぺんも手を通さない高級な着物、一枚二、三百円もす

るものを、横光さんに、二十円ぐらいで、譲ってくれる。

「それを家内が、ほどいて、湯通しして、仕立て直してくれるんです」

と、話された。

「こうして着ますとね、もう、ずっと前にこしらえたものを着ているように見えるんですね」

と、いわれてから、

「ごまかしの一種ということなんで――」

と笑われた。

ゴマかす――ということは、粗末な品物を、上等品に見せるということで、上等なものを、並のものに見せることをいうのではないだろうナ、と私は思った。

それにしても、やっぱり、横光さんの奥さんは、偉いもんだ。内助の功とは、こういうことを言うのだろうと、感動した。先生の菊池寛夫人がそういうおひとと鈴木彦次郎さんから聞いたことを、思い合わせたことだった。

桑の巨木を見て驚く

横光さんは、ぜひ小岩井農場を見せて下さい。一目《ひとめ》でいいです――と言われる。

数日、雨降りが続いて、その日も晴れたり、降ったりしていた。道沿いの雫石川も増水しているらしいので、沢田橋（いまの太田橋）あたりから向こうが、いささか心配だった。

自動車の往復の時間も考えて、公会堂の講演に間に合わすように、ともかく小岩井農場を、一目でも、といわれるので、主催者側の人たちは、しぶしぶ承知した。責任は、あなた方おふたりにあるんですよ、とも言われた。言葉のうわべはていねいだが、中身は、きついことだった。

自動車が沢田橋の少し向こうにかかると、やはり増水している雫石川が見えた。ふだんは河原だらけだが、濁水が、ひろびろとひろがっている。道にあふれた所もある。私たち二人は、思わず顔を見合わせた。

本部の前までゆく雨中のみちには、ひとっこ一人、くるま一台みえなかった。やがて、自動車は、本部前の小さな築山を、ひとまわりした。

そのとき私は、道のそばの畠《はたけ》の角に、たった一本立っている、枝ぶりと姿のよい巨木を、横光さんに紹介した。農場創設者が数千本植えて、たった一本残った桑の老大木である。

「これが桑？」

と、横光さんは、おどろかれた。

桑は、人の都合で、養蚕のために、小さく仕立てられているだけだ。広い畠の肥料が、流れてたまる低いところに一本残された桑が、巨木になることは、全く自然なことであった。

雨中の小岩井農場を、自動車でひとまわりされて、横光先生が目にとめてみたのは、桑の巨木一本だったのに、私たち二人は大いに喜んだ。

講演会の世話係の人たちは、帰って来た横光さんの時間がせまっていたので、大いそがしだった。手とり、足とりといったあんばいに、オビだ、ハカマだと、二、三人がかりで、横光さんのまわりでいそがしくお世話しているのを、ヤジさんキタさん並みの私たちは、笑いをこらえて見ていた。

昭和九年に全集出る

昭和九年八月、宮沢賢治全集三巻本は、文圃堂書店が刊行した。その宣伝用パンフレットがある。それは――

表紙には高村光太郎さんが書かれた「宮沢賢治全集」が大きく、「宮」の一字だけが赤刷り。また、小さい活字の同様の赤刷りで「全三巻」とある。「責任編集者」は次の四氏。

高村光太郎、宮沢清六、草野心平、横光利一。

中身は八ページ。短文の執筆者は、高村光太郎、辻潤、佐藤惣之助、関豊太郎、菊池武雄、横光利一氏で、あと二ページに全三巻の目次と、小活字二弾組みの「略歴」、表紙裏に、「毎巻約五百頁」「全三巻」「頒価毎巻弐円五拾銭送料弐拾弐銭」とある。

表紙裏に有名な賢治の土地を見つめている洋服に帽子をかぶった立ち姿、裏表紙裏に詩の原稿の写真がある。

横光さんの紹介文は――。

宮沢賢治といふ人物には生涯まったく一面識もなく、私がその存在をはじめて知った動機は、宮沢賢治追悼といふ小冊子を偶然手にしてからである。卅八歳の生涯を一意精進童貞で終始したといふ異常な精神生活の潔癖もむろん驚異であった。けれども、芸術と宗教と科学との融合統一から「完全未来型」を完璧《かんぺき》にまで体現したその奇蹟《きせき》のレアリテにより強く心を衝《う》たれた。故人の作品についてあまり知識を持たないわたくしは、一日もはやく故人の全集を上梓するとともに、社会一般に歓迎されることを願ってゐる。これはわたしくし一個人の問題といふよりも、勝れた天才詩人の全集として、日本の「文芸復興」といふ現実の文学的事実をもすくなからず誘掖《ゆうえき》するところあらうと思ふから。兎《と》に角いまわたくしは責任編纂《へんさん》者として、この栄誉ある事業をつつがなく遂行し完成したい希望にいっぱい燃えてゐる。(全文)

小さな古書店が出版

十字屋書店版宮沢賢治全集の出版元、東京・神田の古書店主人の酒井嘉七氏に私は会った。神田には、間口が二間で奥行き数間の古書店が軒を並べていた。そんな神田街で、一番大きな古書店が「一誠堂」だった。そして一誠堂の実弟が酒井嘉七さんで、小さな標準の型の古書店の主人だった。

なぜ古書店の十字屋さんが、宮沢賢治全集を出すことになったのか。その話——。

坂井さんの先に、三巻本の宮沢賢治集を刊行した文圃堂主人が店をとじなければならないことになった。さっぱり売れない新人の小説集を次から次へ出し、「文学界」という、これも返本大量の雑誌をかかえて破産したのだ。主人は長崎の豪家の御曹司《おんぞうし》と聞いた。郷里の父親の厳命で帰郷するとき、篤実な酒井さんが、後始末をしてあげた。兄は、日本一の「一誠堂」の経営者で、彼は「小古書店」の主人だった。神田の古書店街では一番誠実な人といわれた。

文圃堂発行の三巻本「宮沢賢治全集」の紙型は、破産世話役の十字屋さんに寄贈され、宮沢家も承諾して、刊行することにきまったのであった。そこで、十字屋古書店主の酒井さんが、宮沢家にやって来た。紙型をもらったこと、三巻本を続けて発行することを、宮沢家にお願いにきたということである。

ところが、酒井さんが花巻に来て、清六さんから賢治の話を聞き、遺稿を見せられて、びっくりしてしまった。

「大変なものに、でっくわした」という感慨であったという。彼は全三巻というのが、全くの「選集」にすぎないことを知った。自分は神田の一小古書店の経営者にすぎないこと。何十巻という全集が出るくらい、遺稿があることを、はじめて知ったわけである。

びっくりはしたけれども、またりんりんと勇気が湧《わ》いてきた――ということだった。

表紙は四国産の和紙

十字屋書店版「宮沢賢治全集」は、酒井嘉七さんの決意と奮闘から刊行された。文圃堂版三冊全集とは面目一新。全集らしい全集になった。酒井さんは、生粋の古本屋さんだったが、一誠堂で修業しただけのことはあった。

十字屋書店版全集は、まず装丁が変わっている。四国産の上質・高級な一枚すきの和紙を、赤かっ色の柿《かき》いろに染め、厚いボール紙にはりつけた。上品・高雅ともいってよい。

ある日、神田の十字屋書店を訪ねた私は、びっくりした。店の奥の常居《※じょうい》は、そんなに広くはない。店をひろく使っているためである。その狭い常居に、四国から来た宮沢賢治全集の表紙に使う和紙が、いっぱいになっていた。

主人に、「何をしているのですか」と聞いた。

「宮沢全集の表紙にしますんで」

と、酒井さんは微笑した。よほどうれしいらしかった。

四国特産の柿色の紙を、一枚一枚もんでは、ひろげている。書き損じ原稿をくしゃくしゃに丸めて、くずかごにポン——とは違う。「もみ紙」にした銀いろの「フスマ紙」とでもいうような感じであった。

ともかく、十字屋書店全員で、ていねいにモミ紙を作っているのである。全員といったところで十字屋書店には店員はいない。主人不在の時はおかみさんが店番をしている。ネエヤが一人いる。狭い常居のほかには、同じく狭い台所と一穴《いっけつ》の便所があるだけなのである。

十字屋版宮沢賢治全集全六巻と別冊は、こうして表紙が作られた。第一巻は本文四百八十二ページ。藤原嘉藤治苦心の語注七十五ページ。全五百五十七ページの大冊。定価三円二十銭であった。

※盛岡で言う居間のこと

「超一流の」長者の庭

串田孫一《くしだまごいち》さんに、若い時いっぺんお目にかかったのは、宮沢賢治全集を刊行した酒井嘉七さんの紹介による。串田さんは、そのころは、まだ名を知られぬ随筆家のタマゴだったとは思うが、その日のことは、いまも、まざまざと記憶に、映像として残っている。

串田さんと酒井さんの関係は、誠実な古書店主と「大とくい」ということだったろうか。たしかめたことはなかったが、賢治全集を出すことに、酒井さんが踏み切ったのは串田さんがバックにいることが、大きい力になったのだと、私は思う。

そういうことでなければ、酒井さんが、私を串田さんに引き会わすということにはならなかったのだろう。串田さんたちの文芸雑誌といっても、少部数の同人雑誌の発行所が十字屋書店だった。

坂井さんに連れられて、串田さんの家を訪ねた。門から見ると、古典的な、明治風の白い洋館で、向かって右手に、日本風の住宅が隣り合っていた。門から住居まで、木も草もない広場で、びっくりしたのは、その庭全面に、小粒な豆ほどの真っ白い小石が、美しく敷かれていたことだった。

門から住居までだから、道は全くない。来客はどこを歩いても自由といった形だ。神社や仏閣などでは、人の出入りがはげしくて、汚れるから、やりたくても、こういうことはできることではない。

何物の影もささない、そして人の出入りの少ない、閑静な長者の庭としたら、これは超一流なのだろう――と、私は、心中、ただ感嘆した。

そして、東京は、やっぱり広いと思ったのだが、玄関ともいえないような、お宅の、これも閑静な入り口に、酒井古書店主といっしょに立った。

本を守る設計の書斎

串田邸玄関の呼びリンを押すと、十字屋書店主人と私とは、中に招き入れられた。履物は、一足もない。玄関のリノリュームは、チリひとつなく、全く廊下と同じように清潔だった。「ももひき」に「たび」姿のその人は、玄関番らしくない。徳川時代の下男・下僕というような感じでもない。インテリ風で、きちんとした中年の人だった。この家のあるじ、串田さんの家の昔からのしきたりなのか。奥に私たちは、案内されることになったようすであった。

「キョロキョロしてはいけないぞ」と、田舎者の私は、私自身を戒めた。だが、私の目の前に出現した状態について、全く唖然《あぜん》としてしまった。そして、すばやくあたまを回転させた。事情は、すぐなっとく出来た。

一言でいうならば、串田さんの書斎は、神田の一軒の典型的な古書店と、そっくりだった。そんな光景がそこにあったのである。三方に天井まで高い本だな、そしてまん中には、両側に、同じく背の高い本だな。ただし、このまん中の書だなの前には、高さは普通の机ぐらいで、面積は四分の一か三分の一ぐらいの半机とでも言えそうなものが、ぐるりにあった。これは、書だなから取り出した本を開いて置いて、必要なページから、すぐ書きうつすことができる――という「しかけ」に見えた。

この書斎は、スイッチで電灯は明るくつくが、そとの光線は、全く入らない。大量の大事な本を守るための設計であった。新刊の全集などは、十年たっても新刊のように、あり続けるのだろうと思った。

私は、表神田と裏神田に並ぶ数十軒の古書店に、上京したばかりのとき、すっかり驚いた。そのときから、かなり時は過ぎていたが、驚きは、このときの方が、大きかった。

舶来コーヒーに驚く

私と十字屋書店主人とは、書斎のすみに小さくなって、腰をおろした。天井の電灯と机の上のスタンドで書庫は明るかった。私は本だなに並んだ大量の本を見て回りたくて、たまらなかったが、

「ちょっと拝見」

などと、神田の古書店に入ったフリーの客のようなことをしてはいけないのだ――と、その思いに、金《かな》しばりになったように硬くなっていた。

串田さんは、文学青年のように、若々しく、私と同年輩なのかなどと、思ったりした（私は二十代で森翁などといわれた）。どう見ても、同人雑誌の主宰者とは思われない。静かで、気品のようなふん囲気が、串田さんの回りにはかすかにただよっている。盛岡あたりには、いない人に見えた。田舎の新聞社で、くる日もくる日も夕刊だ、朝刊だと、やっている私たちなどと、だ

いぶ違うナと、何となく感動させられるようであった。

机の前の、小さな本箱のようなもののとびらをあけると、串田さんは、中から、茶道具をとり出した。三人分で、コーヒーセットのようなものであった。そういう高雅なハイカラなものは私には初見であった。かおりのよいコーヒーであった。こういうおいしい舶来の高級なコーヒーをのんだら、夜眠れぬということも、おこるだろうなと思った。

そして、また気が付いて驚いたことには、この書斎に案内されたときから、家人が全く出入りしないことだった。主人が、こうして、自分でコーヒーなどを入れてくれることから、やっと気がついたことだった。

これが、「書斎」というものであろう。「客間」というものが、別にあって、ここが文人には、一番大切なところだということに、感動した（いくぶんは、うらやましい、かなわないと思ったことも事実である）。

笑い上戸の書店主人

串田孫一さんが、宮沢賢治に関心を持っておられたことが、十字屋版全集刊行に、かなりの影響を与えたことは、お人柄と書斎をひと目みて、すぐわかった。

人の運命にも本の運命にも、同じようなところがある。串田さんと十字屋書店の関係が、どういうことから生まれたか、私は知らない。が、嘉七さんの人柄から古書店と、お客の串田さんが親密になっていた。そんなことから、ごく自然に、宮沢賢治全集が出るようになったのだと思う。

　私が十字屋書店と親しくなってから、お昼になると、神田の大きな書店が経営する、スマートで、有名な食堂に連れてゆかれた。こういう店は何軒かあり、ここはカレー・ライスが、ここはチキン・ライスが、神田で一番おいしい――と、教えてくれた。神田の学生たちが、顧客《おとくい》なので、「カレーはどこでも五十銭で勉強しております」ということだった。苦学生は七、八銭の朝食を食べていたころの話である。

　何回か、おごられているうちに、いつでも七十銭のチキン・ライスであることに気がついた。学生諸君は、みんなカレー・ライスで、チキン・ライスを食べているのは、あんまり見たことはなかった。働いて食費をつくり出す苦学生にとっては、カレー・ライスも大変なごちそうだった。

　十字屋書店主人は、越後人だが、ひどい笑い上戸だった。チキン・ライスを食べながらも、しじゅう笑っているものだから、ときに、チキン・ライスの小さな肉のかたまりが、二、三本ぬけた前歯の間から、ピョンと飛び出すことがあった。

　それを防ぐためか、この人はゴハンを食べながら笑うときは天井を向いて、カラカラと笑うのだナ――と、発見したとき、私は心中でニヤリと笑った。

心にくいなにげなさ

　この続きものの第六十回、八月十七日（「桑の巨木を見て驚く」九十九ページ）の分に、小岩井農場の本部前の畑の隅に桑の巨木が、ていていと、高く、四方に枝をひろげて、横光利一先生を驚かしたことは、紹介した。その巨木について、筆者は、「小岩井農場ができた初期に、養蚕をするために広大な桑畑を作った。その一本が残ったものか」と書いた。

何千本あるいは、何万本も植えたものが、一本残っているのは、希少価値だと思ったが、若い時からの友人毛籐勤治《もうとうきんじ》さんから、

「あの一本は植えた桑ではなく、自然に生えた山桑です」

と、教わった。そう言われてみれば、あの桑は、ほんとうに、枝張りも、かっこう（姿といおうか）も、堂々として、りっぱである。「女王」とか「王様」のようで、小岩井のシンボルとしても恥ずかしくないように見える。

桑にも驚いたが、別邸の庭に「コンニャク」を二つに重ねた形の大きなゴマ石（花こう岩）の置き方もまた、なかなかのものである。その「ゴマ石」におどろいていると、おどろくものは、ほかにもいくつもあった。それが、何もないような、そんなふりをしてあるのだから、心にくいのである。

松の林をすかして、向こうに見えるものがある。いわずと知れた、南昌山山系の、二、三、名のある「毒ヶ森」とか、「箱ヶ森」だ。それが真ん中のういういしい、女の子のような感じの「南昌山」を、左右から大事に守っているように見えたのである。外を歩けば、いやでも目に入る「岩手山」が、全く見えないように、この別荘は建てたものであろうと思うが、北向きを忌むと忌まざるとに関係なく、よい家相に、自然に建ったように見える。

心象スケッチの手法

宮沢賢治が詩「小岩井農場」の一遍を八百行で書いたことについて考える。これは「心象スケッチ」という「手法」から生まれたもので、賢治の試作品では、最もすぐれたものと私は思う。小岩井農場について宮沢賢治の詩や童話が残ったことを、私たちは感謝しなければならない。

ところで、小岩井農場の出現には、一冊の英語原書が、大いに役に立ったということがある。岩崎男爵が持っていた英語の本は、イギリスで刊行された「暗きょ排水」についての解説指導書で、つまりは農事の専門書だった。

何千町歩もある未開・未墾の大湿原、しかも火山灰土を、「御国のために」開発する。それには数千町歩の原野の「水」をぬかなければならぬ。それからの開墾だ。と考えたのであった。そして酸性火山灰土を中和するために、東磐井、紫波あたりのアルカリ性石灰岩抹を多量に中和剤として使う――ということになったのである。

岩崎男爵が、自分の手で、原書のページに赤筆をひいたということを、宮沢賢治が知っていたか知らなかったか。私は知っていた可能性の方を信じている。彼が後年、自分の生涯をかけて、東磐井の石灰工場技師に招かれ、岩手県はいうに及ばず、秋田や宮城までも石灰岩抹の販売に歩いたということのうらには、小岩井農場の酸性土壌の大湿原がみごとな農場になったという、事実があったのである。

小岩井農場を実現させた「暗きょ排水」と「石灰岩抹」のことはひどく大事なことになってく

る。宮沢賢治の最長八百行の詩の裏打ちとして、岩崎男爵の英語の原書があるということは、なかなか面白い組み合わせだということになるのである。

その石灰岩抹を運んだレールが小岩井駅のプラットホームの西側にあったのである。

静粛かつ厳粛な騒ぎ

いま東磐井郡大東町の故郷に帰って教育長をしている旧友の鈴木実さんといっしょに、谷川徹三先生を案内して小岩井農場に行ったことがあった。場長さんは、法政大学で、学長の谷川先生の教え子だった、と聞いた。

そんなわけで、小岩井の本部の向かいの深い木立のなかの岩崎の別荘を、先生のお供をして、見学させていただいた。別荘の庭は、西方に広い。若い赤松が数十本。美しい芝生に南昌山脈が借景だった。

別荘の一棟は、大きい平屋。四軒長屋風の建物で長い広い廊下に板戸とガラス戸が立っていた。谷川先生は、

「五十年か、百年もしたら、国宝ですね」

と、感嘆された。そのころ、先生は国立博物館の副館長をしておられたから、お言葉に重みがあった。

廊下の西側の方に大きな広間があり、庭に突き出すように独立した部屋が、続いて建っていた。

この部屋に大演習のとき、天皇陛下がお泊りになった。

その朝、大広間で目がさめた、おつきの人たちが、あわてた。陛下がどこかにおでましになって、お部屋におられない。「静粛」かつ「厳粛」に、騒ぎが起きた。お付の方々は、そこらを右往左往した。が、陛下のお姿は見えなかった。

そんな静かな大騒ぎのなかへ、ひょっこり、お庭から、陛下がお帰りになった。——結びを書こう。

陛下は、場長に、お手にされていた数本の雑草をお示しになり。

「これは何だろうね」

と、おたずねになった。それは、たしかに雑草だったが、ヨーロッパとアメリカから買ってきて播《ま》いた牧草畑に生えていた、つまり、アメリカとヨーロッパの「雑草」であった。

書きたくないが、蛇足を書く。場長は、谷川先生に
「陛下は、一流の植物学者でございましょうか」

と、尋ねたのであった。

キツネにだまされた男

宮沢賢治には、岩手山、同山麓《さんろく》、小岩井農場、茨島《ばらじま》、鶯宿《おうしゅく》辺に取材した作品が多い。私は小岩井農場は、賢治に連れてゆかれて、夜中に歩いたり、小松の下に寝たりした。

また、小岩井農場には、横光先生、谷川先生ほか何人もの人たちを案内したが、昔は人間や動

物にかかわる話などの方を喜んで聞いた。何かで川を調べたら、三、四人の生まれたばかりの赤ん坊が投げ捨てられていたと聞いたことがあった。

渋民まで歩いてゆく途中、疲れて目の前にある農場に入っていった。恥ずかしくて賢治にできるような話ではなかった。

農場に入ると、休んで小昼《※こびる》をしていた数人のお百姓さんがいた。男も女も、ももひき姿だった。その人たちから珍しい話を聞いた。

農場事務所へ自転車で用たしに来た人があった。ところで、その人が、途中で自転車から降り、立ち小便をしながら、向こうの畠《はたけ》の中に一匹のキツネがいるのを見た。畠には、まだ何も生えていなかった。

小便が終わると、何と思ったのか、手ごろな石を拾い、やにわにキツネにぶっつけた。キャンキャンとキツネは逃げた。「つまらないことをする人もあるもんだ」と、見ていた農人たちは言った。「あのキツネ、ときどき見たども、腹おっきだようだった」と二人のばあさんが言った。

ところが、妙なことが、はじまった。石をぶっつけた人が、農場事務所の前まで行くと、中に入ってゆかずに、また自転車に乗って門をめがけて帰ってくるではないか。帰ってくると、人たちの前からまた、くるっと自転車を向こうに向けて、事務所めがけて、走っていった。見ていたら、向こうへ着くか着かないかする途端に、こっちの方へ向かって走ってきた。

降りもしないで、また向こうへ向かって走った。見ている人たちは、ぎょっとして、さっと顔が青くなった。

「さっき、石をぶつけたキツネにだまされているだべが――」と、ワナワナふるえながら一人が言った。みんなシーンとなって、口をつぐんで「かせぐべ、かせぐべ」と、その場から去った。男は相変わらず行ったり来たりしていた。事務所の人が出て来るのが見えた。

※農作業中のおやつ休み

翌朝消えていたキツネ

小岩井あたりには、キツネが多かった。「農場ができる前は、もっと多かったのでしょう」と、小岩井駅から降りて、夜道を歩きながら、賢治は、私に話した。童話とちがって、そこらのヤミの中にキツネが目を光らせている野原を、たった一人で歩き回る、この人に驚いた。狐狸《こり》のたぐいは、だまされる人をだますので、だまされない人は、だまさないのだナ――と私は思ったが、口には出さなかった。この人に笑われることを心中、大いに戒めたからだ。

後年、農場の人からキツネの話を聞いた。その人が、どういう「しかけ」で、キツネを生けどりにしたかを聞いた。私の伯父が、細長い四角な箱で、イタチをとったのは、見知っていたので、それを大きくしたものではなかったのだろうかと想像した。聞くとそういう「仕掛け」だった。

小岩井農場の人は、「生けどりにすることが、おもしろくて、捕ったはよかったども、あと、どうするかは、考えていなかったノス」と言った。とったらひとまずウサギのように飼っておこうかなと思ったそうである。ともかく、バカなキツネがいたもんで、そのキツネは、まんまと「しかけ」の中に入っていたのだということなのである。

その人は、次の朝、にわかづくりのキツネのかこいに、アブラアゲをやろうと思って、見に出たが、オリの中に、キツネはかげも、かたちもなかった。その人には、わけは、たちどころに、わかったのだ。

キツネは、土を掘って、金網の下をくぐり、悠々と逃げ去ったのであった。その人は、大いにくやんだ。キツネのかこいは、土間にしないで、板じきにすればよかったのだ。あのキツネは、メスかオスかは知れないが、大いに復しゅう心に燃え、農場の人たちを、片っぱしからだましたりしたら、大変なことになる――と思ったのだそうである。

「キツネにだまされたってか」とバカにされたり、ひやかされたりは、しかたがない――と、彼は庭から家に入ったという。

とっこべとら子とは？

賢治作品に出てくるキツネを主人公にした一編に「とっこべとら子」がある。その書き出し（カナ遣いは、今ふうにした）。

◇

おとら狐《ぎつね》のはなしは、どなたもよくご存じでしょう。おとら狐にも、いろいろあったのでしょうか、私の知っているのは、「とっこべ、とら子」というのです。

「とっこべ」というのは名字でしょうか。「とら」というのは名前ですかね。そうすると、名字がさまざまで、名前がみんな「とら」と云《い》う狐が、あちこちに住んで居たのでしょうか。

さて、むかし、とっこべとら子は大きな川の岸に住んでいて、夜、網打ちに行った人から魚を盗《と》ったり、買い物をして町から遅く帰る人から油揚げを取りかえしたり、実に始末に終えないものだったそうです。

◇

大阪外語大学に勤務するシャスティン・ビデウスさんが、この「とっこべとら子」に興味を持ったが、それを知っている人がいない。花巻に来た時、清六さんに尋ねると、「森さんに聞けば、わかるでしょう」と答えたという。彼女を私の家に自動車にのせて来てくれたのは画伯の浅沼弘さんだった。

我が家の二階は階段が急で、イス式の洋風ではない。彼女はズボンをはいていたが、座布団に、あぐらで座った。長い脚の組みかたが、座禅といったようだが、どこかちがって、おかしかった。気の毒でならなかったが、脚をながく伸ばしてLの字型にとすすめるわけにもゆかない。

彼女は、たどたどしいが、チャンとした標準語で話した。

「とっこべとら子とは？」

「石あいネネ子とは？」

「馬場松子とは？」

「この娘さんたちの名は、なんでしょうか、しかも狐についているこの名前は、何者でしょうか」

という疑問であった。

清六さんからころがって来た、難問だった。

人を恐れぬキツネ母子

「とっこべ・虎子」とか、「石間《いしあい》ネネ子」とか「馬場松子」という、キツネの娘や母親たちの名は残っているのだが、「とこっこべ・虎三」とか、「石間《いしあい》権助」とか、「馬場弥兵エ」というような、男キツネたちの名が、昔話や伝説、わらべ唄などでも、全く残っていないのは不思議なことである。キツネの童話をたくさん書いた賢治に聞けば、何かおもしろいことを話して聞かせたにちがいないが、私はそのころは若気のいたりで、純粋な詩にばかり関心があり民話や童話、キツネばなしなどには思いが及ばなかった。

さて、とっこべは、「斗米」という字《あざ》（小部落）の地名で、葺手町《ふきでちょう》（今の神明町）あたりの三明院や菩提院のすぐ東裏、南裏あたりが加賀野だった。菩提院の跡地は広い空き地で、似内旅館のおばあさんが、客の残飯からキツネの好物をえらんで空地に置けば、加賀野あたり、つまり「斗米」の奥の方から夜分にキツネが来て食べた。

キツネが、盛岡のお城下ばかりにいたということではないのはもちろんだろう。田舎の町や村にも、わんさとまではゆかなくても、かなり住んでいたにちがいない。月夜でもないかぎり、夜分はどこでも真っ暗になるものだったことは、キツネ話といっしょに知る必要がある。

馬場小路の武家屋敷に住んでおられた上田かねさんから聞いた話。

かねさんは幼女時代から、祖母に、「松子には、かまうな」と、いわれたものだという。おばあさんは、庭へ出る表座敷の踏み石の上に、キツネの好きな油揚げなどを置いてやった。

すると松子は、子どものキツネを連れて、まだ小暗い朝方か夕方にやってきた。それを母子いっしょにいただいて食べ、上田家の人を、全く恐れなかったそうである。

タヌキ見やぶるキツネ

盛岡城下の高名なキツネの一族のなかに「馬場松子」があった。松子一家は二組あり一組は馬場小路に、もう一組は八幡馬場に繁栄していたものである。これら二組に交際《つきあい》があったか、なかったかは、「口承」にも伝わらないから未詳である。

馬場というのは、南部藩の馬術練習場で、八幡宮では今でも、祭典に走る馬上で的を射る、ただ一つの伝習を、公開している八幡馬場にいた一族が、キツネ仲間でももっとも高名なのは、八幡女郎衆にだまされた者どもが、女キツネにだまされて、サイフも折り結めも、無くしたようなことにしていたのだと、古老の一人、タチバナの正三翁から聞いたことがある。

さて、八幡宮境内の杉の巨木の下に「べんじぇものの店コを出していた、おばあさんがあった※ノス」ということなのである。

あるとき、コトコトと、もの音がして、おばあさんの、いねむりが邪魔された。怪しいケダモノの手が、何か盗もうとして、板戸の下から出て、動いているではないか。馬場のマツ子らは、べんじぇものが好きで、店コ屋のおばあさんはしょっちゅうやられていたのである。

おばあさんは、キツネの同情派《シンパ》だったのだろうか。「長い棒で、キツネの手をたたいてやれ」と、神官様に、扇動されても、いっぺんも乗ったことはなかったのだ。

そんなことをしたら、松子たちが、かわいそうだし、もしも、「いぢくされ」※をしたら一族を連れて来て「あだ」をされ、店のものを、みんな持ってゆかれても、お奉行さまはもちろん、函番のじいさんも、相手にしてくれるはずはないと、思っていたからだ。

松子たちは、おばあさんのいねむりが、本物でないことを、チャンと見やぶっていたというのが真説だろう。

※べんざいもの…弁財船によりもたらされた米粉やそば粉を使った郷土菓子

※いじわる

お城造りに何と数十年

「とっこべ・いしあい・ばば」の名流おキツネ様の一族、石間《いしあい》カメ子が、花巻で「ネネ子」と呼ばれたのはどういうことなのか、筆者はしらない。

花巻城守備隊に移った盛岡のサムライの娘たちが、年よりくさい「カメ子」という名より、みずみずしい「ネネ子」の方が、いとしいと思って改名してしまったのかも知れない。何しろ、後世宮沢賢治の生まれた町だから。

ところで、本物のおキツネ様のカメ子たちの「すまい」はどこだったろうか。盛岡城下名流第一位・石間カメ子の一族の「テリトリー」（勢力範囲）は、どうやら、公会堂・県庁・裁判所・日赤あたりということらしい。

盛岡城の築城には、数十年もかかった。まことにのんびりしていたようだが、いまでも公園のまわりの石垣を見て回ると、それがはっきりわかるのである。愛宕山からお城まで、「丘」の形の小山が、「牛」が寝たようにのっそり居すわっていた。その山を崩して、大湿地帯を埋める難工事だったのだ。

雫石川が、安倍館のあたりに流れて来たり、中津川が、油町や三戸町あたりにまで流れていたり、山を崩せば、でかいかこう岩が出たり、困難をきわめた。

産ビル、教育会館あたりは、北上川の深い、大きな「淵《ふち》」で、それを城のお堀に利用した。南部侯が、江戸表に上がるときは、仙北町や仙北組町に、行列を長々と一本に並べさせた。殿様自身は、お城の堀、つまりいまの菜園の「河港」のようなところから、舟に乗って、明治橋のところまでくだり、そこから行列に加わって、お江戸に向けて出発した。

「仙北組町」を、盛岡城下のひとびとが、「御組町」と、「お」の字をつけて呼んだのは、行列連行の中心をなす足軽たちが、「組町」に住んでいたから、自称他称で「お」組町と呼んだのだ、と新渡戸《にとべ》仙岳《せんがく》翁から聞いた。

なぜ小説を書かないの？

宮沢賢治の童話といえば、文庫に選ばれるものは、ハンで押したように、たいていきまっている。賢治の童話の読みかたは、いろいろあると思うのだが、結局、全集を持たなければ、貸し出しでは重くて読みがたい。

筑摩版十四巻ものの校本全集の最終巻は、千百八十一ページ。目方二キロ弱。値段は五千七百円。手に持って読める本ではない。本の重さや目方を特に言うつもりはないが、今まで出た各社の文庫本では「賢治童話を読みました」ということには、ならないような気がする。

「一本木の野原の、北のはずれに、少し小高く盛りあがった所がありました。いのころぐさがいっぱいに生え、そのまん中に一本の奇麗な女の樺《かば》の木がありました。」「土神ときつね」はこういう書き出しで、樺の木が女で、この木に好意を持つ恋敵のような二人が現れる。二人といえば、少し変だが、賢治おとくいの擬人法だ。

一人は野原の南のキツネで、一人は五百メートルばかり離れた、ぐちゃぐちゃのヤチ（谷地）の中に住む土神だった。この二人の恋のさやあてから、遂に恐ろしい最後になる作品である。この土神とキツネと白樺の恋の争いは、かりに擬人法で書いているのだけれども、人間の恋愛どころではない、真にせまるものがある。

「賢治は、なぜ小説を書かないで、童話を書いたのでしょう」と、話題にした女性がいた。菊池暁輝さんが、賢治が亡くなってから、そう間をおかないではじめた「宮沢賢治の会」でのことである。「初期短編集」と、はじめの出版のとき名づけた、ほんとうによい短編小説を、数編、彼は書きのこしているので、当然出てくる疑問といっても、おかしくない話題だったのである。今は、もうそういうことを考えたり、言う人は、いなくなった。

「土神ときつね」をめぐって

宮沢賢治に「洞熊《ほらくま》学校を卒業した三人」という作品があるが、これに「赤い手の長いクモ」と「銀いろのナメクジ」と「顔を洗ったことのないタヌキ」の三人の生徒が出てくる。賢治の好んで登場させるキツネは出ないで、タヌキが登場する。なぜ「タヌキ」が出てくるのか、「キツネ」でないのか——と、そういう気持ちで読むと、やっぱりタヌキの方がいいなと、わかる。

賢治童話の動物の主人公については、だれか、いろいろな角度から、考えて書いてほしい。この稿では「土神ときつね」について書こうと思う。

一本木の野原の北のはずれに、ちょっと盛りあがったほどの小山があり、ここが舞台だ。この小山のまんなかに、一本のきれいな女の白樺が立っている。

かわいい小さな白樺は、幹が黒く、てかてかと光り、枝ぶりが美しく、五月には白い花を雲のように付け、秋には美しい金いろの葉を降らせた。カッコウやモズ、ミソサザイやメジロまで、彼女がすきでよくとまった。

ところが、時には若いタカが来て、とまっていることもあるので、そういうときは、小さな鳥たちは、遠くの方からタカを見つけると、決して白樺の木へ近づかなかった。

ところで、彼女には、ふたりの友人があった。友人というより、男ともだちだった。そのふたりというのは――。

白樺の住んでいる小山から、人の足だったら、ちょうど五百歩ばかりのところに、ぐちゃぐちゃのヤチ（湿地）があった。人はもちろんのこと、けだものも、そこには、気持ち悪がって、全くゆかないところであったが、そこのグチャグチャの湿地にひとりの土神が住んでいた。

そして、もう一人は、いつも野原の南の方からやって来る茶いろのキツネだった。

失言から浮世絵の話に

私たちの仲間が、菊池暁輝主催の「賢治の会」に来るひとりの若い女の子を、「ダイジャン」と、ひそかにあだ名を付けたことがあった。

「小白蛇」ぐらいのことだった。

その名を、私が、ぽろりと口から落とすと、賢治に近いひとに、ねほりはほり、とうとうみんな聞き出されてしまった。

似たようなことで「野のエロチシズム」という言葉を、賢治がポロッと軽く失言したことがあった。重ねて尋ねると、くどく聞きとがめはしなかったが、国貞とか英泉とかサラリとした浮世絵と、クドイ浮世絵を比べて見せて、初期と後期の一枚ものの性版画について、ていねいに、説明してくれた。

だが、かなりの厚さに積んだ、むかしの性版画は一枚も見せてくれなかった。「あなたが、もう少しオトナになったら、お目にかけますよ」と、ニッコリ笑った。「ハハア、怪しいものだナ」と、すぐわかった。八百屋の我が家の一軒おいて隣に、石川啄木の友人、平野八兵衛さんが住んでいた。粋人なので、中学生の私に性版画を見せてくれ、私は言うならば、「洗礼」をうけていた。しかし、賢治が、わきのうしろの方に押しやったものを「見せて下さい」とは言い出しかねた。

宮沢家は質屋だったが、けさ炊いて、「メシ」が入っているままの「メシガマ」を、質に入れにくる人もあるということだったし、厳寒期の早朝に、働き着の「ハンテン」を持ちこむ人があれば、日が暮れてから手あかだらけの春本などを質屋に持ってくる人もあった。

私が結婚して、子供が生まれてからのことだったが、賢治が勤め先に訪ねて来て仁王の橋際の牛肉屋で、昼めしにぎゅうどんを食べたとき、一枚ものと冊子の性版画を、十点ほど、もらった。私は、小さなおむすびを六つ食べて昼めしがすんでいたので、賢治だけ一人の昼食だった。若いころ東京の飯屋で見た「労働者のドンブリめしの食べ方」を実演して見せ、私をおどろかした。

おごってもおごられず

私が岩手日報につとめていた時、日報社は、内丸の赤十字病院の向かいにあった。

社屋の家主は金田一直太郎《なおたろう》さんだったが、賢治が訪ねて来たとき、和服の着流しで日報営業部にいた直太郎さんを見て、「家賃をとりに来ています」と話すと、びっくりしていた。盛岡中学校で同級生ということだった。

賢治は、桜小路の岩手県農会で用事をすませて、日報社にいる私を訪ねて来たのだった。私は内勤で、べんとう持参だった。それは小さな握りめしにしょうゆをつけて焼いたものが、六コおべんとうに並んで入っていた。

それを、おひるどきになったので、ちょうど来ていた賢治に「いっしょに食べませんか」とすすめた。

「他人《ひと》の主食を、食べるわけにはゆきませんナ」とニコニコ笑った。

「主食」という言葉は、ずっとあとのことばで、そのころは、まだ市民の一般用語にはなっていなかった。

しょうゆをつけて、「キツネいろ」に焼いた小さなおにぎりで、一つを一口に食べられるものを「主食」などというと、「牛刀を以《もっ》てニワトリをさく――」ようなものだった。

私の母は、いっぺんも賢治に、ごちそうしてあげたことのないのを生涯嘆いた。

それは、どうにもしようがない運命のようにも思われた。「人にはごちそうするが、自分は全く、それを受けない」という賢治のやりかたは、多くの人を嘆かせたことであったと思う。

「かたい人」と、私の母の賢治についての評言は、いまでも生きて記憶にある。

広い棚に「おまんだら」

花巻の下根子桜（さくら―小字の地名）にあった羅須地人協会の建物は、別荘風の、小形だけれども、住居としては、今でも、さっぱりして、気持ちのよいスマートなものなのに驚かされる。いま、この建物は、二枚橋の花巻農業高校の一隅に移された。小庭園風の高雅な気分が、ただよい、すがすがしくて、いかにも、小ぢんまりした「聖域」とでも言えるたたずまいになっている。この別荘風建物が、桜にあったとき、二階の書斎に置かれてあった一間《いっけん》もののがんじょうな本棚には、ぎっしりと、いっぱいに本が立てられていた。

これは賢治が町の大工さんに注文して、わざわざ本をたくさん並べるために作ってもらったものである。

そのなかには、もちろん農林学校で賢治が使った原書や仏教関係の本もかなりあった。

ぶ厚い松板を使ってあり、タテは三つに区画されて、各区画はヨコは五段の棚になっている。ところが、三区画のうち、まんなかだけが、最上段と二段目の寸法が、右と左の区画と同寸法にはなっていないのである。

一番上の棚には、B6判の本だけ入って、A5判は、入らないようになって、二段目が、その分だけ、大きな本でも入るように、三十センチと三ミリぐらいになっているのである。

だれに聞いたか、その人の名は忘失してしまったが、そのまんなかの広い棚には、本は並べなくて、ちょうど小さい「仏壇」でもあるように使っていたらしいということを話した。

お線香やお灯明もあげ、「おまんだら」を供えて、礼拝していたらしい——ということであった。

同僚気遣い発表せず

宮沢賢治の詩のなかには、短いのは二行というのがあって、次のものである。

さつき火事だとさわぎましたのは虹でございました
もう一時間もつづいてりんと張つて居ります

ところが「小岩井農場」はなんと八百二十五行あるということである。小岩農場の中には、「パート五、パート六」と題だけあって公表されていないものもある。おかしいので、そのわけを作者に聞いてみた。『春と修羅』に題だけ印刷してあるのは、だれだって、おかしいと思うと、作者に聞いた。するとその詩四と五のはじめの一枚を見せた。全部作って書いてあった。

その詩のはじめの二行目か三行目に、農学校の同僚の先生の名が出ている。私は、宮沢賢治という人に、驚いてばかりいたが、このときの驚きは一番大きかった。同僚の先生の名前は、自然に「風景」として名が出て来ているので、何にも、さしさわりのある書かれ方をしているのではないらしい。

私は思わず笑い出した。私は新聞や雑誌で、大先輩を、さんざんやっつけていたのだ。賢治の

遠慮ぶかさにびっくりして、思わず、

「なーんだ」

と、笑い出してしまった。そして、先生という職業は、ひどく、きゅうくつなものなんだナと、感心した。

その「なーんだ」という感嘆詞は、いま思うと、生涯ぬけない軽薄なものだったわけだが、そのときは、ことの意味を全く知っていなかった。

たぶん私にやっつけられて、おこらなかった先生がたは、偉いものだったと思う。短歌会などで、その先生方が私の変名の暴論が話題になっても、「ふ、ふ」と鼻で笑っておられた。小田島孤舟、堀内鱗泉《りんせん》などの先生がたである。

ゆかりの地をカメラに

写真家の濱谷《はまや》浩《ひろし》さんと、お会いできたのは、宮沢賢治の縁による。賢治の名が知られるようになってから、賢治ゆかりの地や人を撮りにこられた。のちに大村次信の息子、次郷は写真家になろうとしたとき、幸いに濱谷さんの門下生にしていただいた。

おつきあいするようになり、濱谷さんの言説や行動に接して、驚いた。「静」と「動」とが、はっきりしていて、素早く考え方や行いに出て来る人は私の身辺には、いなかった。

濱谷さんが盛岡にこられ、小岩井農場に案内したのは、雪の多い冬であった。小岩井農場は、次の日のことにして、渋民へ行った。若い大男のお弟子さんを連れておられた。濱谷さんは、お弟子さんをとらない人と、聞いていたのだが、「一人もとらない」ということではなかったと知った。

啄木碑を、どういう角度から写すのだろうか、と思って、少し離れたところから、私は見ていた。若いお弟子さんを、「ここらにしょう」と言って立たせた。そして、濱谷さんは靴をぬぐと彼の両肩へひょっと乗って立ち上がったのだ。「ましら（猿猴）」のごとくだな、と私が、びっくりしたときは、濱谷さんは目の下になった啄木碑を二、三枚写して、ひょいと青年の肩から地上に下り立った。

そして、「ああ、あれが有名な橋ですか」と、濱谷さんは、目の下のツリ橋を見た。その時、橋を渡り終わった一人の老人が、こっちへやって来た。寒いので、いろいろ着こんだ上に、ヨウカン色の外套《がいとう》を着ていた。

濱谷さんは、素早く、雪のみちから雪の田んぼに下り、深い雪をこぎ、雪みちを来た老人を、パチパチと、何枚か、横ざまに歩きながら、仰角に写し撮られたのだった。

やっと合点写真家の目

濱谷浩さんと小岩井農場に行ったときのこと。

濱谷浩さんは、全く無人の雪の中で、熱心に撮影された。私は同じ芸術家でも、ジャンルが異なると、ずいぶんちがうものだと、しばし感嘆した。真っすぐな小岩井みちの北側に沿った落葉松のみちでのことである。まず、事件が起きた。私にとっては、びっくり仰天のことだが、考えて見ると写真家には、日常茶飯事のことではないかと思う。

みちで、はたと立ちどまった濱谷さんは、落葉松の林に向けて写真機をかまえた。パチパチと、何かを写したのであるが、目の前には、落葉松の幹しかない。真っすぐに立ちならんでいる何本かの木の幹だけでも、写真になるのかなと思ってみていた。何が、どう写されているのかは、皆目不明なのである。

ところが、ほんの数分で、その撮影は終わった。濱谷さんは、突然、雪みち南側の、腰までの雪の中へ歩き出した。そこらは、たぶん、夏にはトウモロコシ畑のはず。背高ノッポのお弟子さんもあとから、ついてゆく。

とうとう、おふたりさんは、腰きりの雪をこぎ終り、目の前にある、まんじゅう型の小山（丘）へのぼった。丘の頂上に、キャタツ（?）を立てて写真機をすえつけると、お弟子さんと、何か話し、そのあと、パチパチと、やった。

私は、ハハアと、やっと合点がいった。落葉松の梢《こずえ》と、小岩井の山との上に、くっきりと、神々しい雪の岩手山を写していたのである。

真髄をつく写真家の目

濱谷浩さんは、花巻で宮沢賢治ゆかりのところを、そっちこっち写してから盛岡にこられた。

私はこの高名な写真家と、全く縁がなかったが、宮沢清六さんから紹介があって、賢治ゆかりの地を案内してほしいと頼まれた。

その時、小岩井農場をはじめ、そちらこちらを案内して歩いた。私は田舎住まいなので、特に心がけている事がある。高名な人の講演会は、きっと拝聴すること。座談会などには出席すること。知人に紹介されて来る客は、できるだけ渋民と花巻、啄木と賢治のゆかりの所を案内すること。

濱谷さんは、さすがな人で、「心」と「目」、心眼と昔は言った、そういう格をそなえており、「芸術家」でなくても高尚、高級な人と思った。どこに行っても、限られた時間に写しとらなければならないので、いきおいタクシーで回って歩くのだという。

生まれた土地に住みついた者とちがう。まったく意表をつかれ、写真芸術の一流の人の仕事ぶりに感動した。一番さきに驚いたのは、乗って回るタクシーの運転手さんを探した時だった。仕事がすんだあと、案内役の運転手さんと私、お弟子さんと四人で、中華料理店に連れてゆかれた。その席で――。運転手さんが帰ると、濱谷さんが話した。どこの土地に撮影に行っても、一番大きなタクシー会社にゆく。朝八時ごろ、その会社の運転手さんの控えている所を見ると、どの人が、この会社で一番よい運転手さんか一目でわかるのです、ということだった。

その運転手さんも、二十六年間、無事故とのことであった。

師匠から弟子への伝承

いきいきと、雪の中を歩きまわって、写している濱谷浩さんを見ていると、「芸術写真」というものは、どんな時間と空間、人または風景、風景と時と森羅万象の、ある瞬間を、一枚の作品にすること——瞬間と流れ移る時間の中での、それを書いた、はじめての詩人は宮沢賢治だったのだと、濱谷さんを見て、感ずることができた。

けれども、深い雪の中を、カメラをかまえたまま、横歩きをしている濱谷浩さんの姿と話を、賢治に話したら、

「ホホウ、ホホウ」という感嘆詞を、口にしながら、ニコニコと面白がって、聞いてくれたにちがいないと思ったことであった。

鶴飼橋を、走るように渡って急いで、馬ソリを追いかけて行った濱谷さんの姿を見ながら、

「やるもんですナ」

と、お弟子さんに、私は言ったのだが、お弟子は返事をしなかった。

じっと立ったまま、まばたきもしないように、はるかかなたに展開する師匠の動きを見ているのであった。

油絵の具を使って、悠々と大作を仕上げる画家。大きな美人画を描く、日本画家の、女性。そういうことを思いながら私は、身じろぎもしないで、かなたの雪の中の師匠を、じっと見ているお弟子さんを見つづけた。

弟子と師匠の二人が展開するようすに、私は、雲のように、感動がわいてきたものだった。「師匠と弟子」というものの姿。昔から今に至るまで芸術の伝承ということは、いろいろあったと思うが、このとき私は、いろいろの伝承の方法の中に、一対一の師匠と弟子という「形」のある、ありがたさを思った。

処女雪の道を車で行く

小岩井農場へゆくタクシーに、濱谷さんと同乗した。運転手さんの巧みな運転が快適だった。雪道だった。雪は、前の晩、ぶっとおしで降った。本部に着くまでが、みごとな雪景色だった。濱谷さんは、

「写させて、もらいましょうよ」

と、うれしそうに言った。

道に沿った落葉松の防風林から、少しの風にも、落ちるコナ雪の美しさに、濱谷さんは感嘆した。

「ここらは、まだ序の口でござんしょ?」

「はあ、そうで――」

「生まれて、はじめて見ましたよ。来てよかったです」

と、濱谷さんは言った。

道に自動車の車のあとはあったが、来る車も、ゆく車も、前後に一台もなかった。ところが、

本部をすぎ、姥屋敷へ向かうと、道の深い新雪の上を、車も人も、キツネも歩かないとみえて、美しくて真っ白な処女雪であった。

わずかに道とわかるほどこんもりした新雪で、道と畑、小川と道、という境は、盛り上がったような雪で、はっきりしなかった。さあ大変だ。

「行きますか、帰りますか」

と、静かな運転手さんが、濱谷さんに尋ねた。

「行きますか。行って見ましょうか」と濱谷さんも、静かに答えた。冒険だ。

高貴そのものの白雪の岩手山は、陽《ひ》に輝いていた。だれでも興奮せずにいられないのだろうが、濱谷さんは、冷静だった。「当代随一の人――といっしょにいる」という感じであった。

が、そのとき、自動車が道をふみはずした。左の前輪である。のめるように「片さがり」したのであった。「片さがり」というのは、私の、とっさの「造語」であった。

おしょうじんしないと

私たち四人は、傾いて落ちかけて止まったタクシーから「からだ」にも「いのち」にも、全く支障がなく、はい出した。

「はい出した」は、大げさだが、一回転したわけでもない。舌をかんだり、内出血もしなかった。流血・骨折の惨事になるか、ならないかは、運命の神さま次第なのである。

前かがみになって、鼻っぱしを雪に突っ込んだタクシーを、三人でぼう然と見ていた。耳がさとい——ということは、頭がいいということの代用もしているのか。

「あっ、あれは?」

と、濱谷さんが、何か聞きつけて言った。

ふりむいて見ると、農場の軽トラックが一台、こっちへ来るのが見えた。

細い針金を、丸くたばねて、太くした「針金ナワ」で、ひっぱる軽トラックに、手もなく、「軽遭難車」はひき上げられた。

「ハリガネのナワ」と、それを言うのか、言わないのか、私は知らなかった。ワラの縄の何十倍、何百倍も丈夫だろうが、そういう「力学」に私は無知である。タクシーはすいと、ひっぱり上げられた。これでも自動車事故なのだろうか。

「踏みはずして、道路か川に転落しそうな自動車を他の自動車が引き上げ、災難をまぬかれた」というような事件が、記事になる時代に、私は新聞の三面(いまの社会面)の編集者であった。いままで、事故を起こしたことが、全くない——という運転手さんの、みごとな歴史(運転経歴というものだろうか)に、「おしょうじんの悪い」われわれが乗ったとき、事故を起こしては、大変だと思った。

「おしょうじんをしないと、いけないナ」などと、思うのは、そういうときなのであり、老人になったナと思うこと、しきりである。

「カバンコ」と恐れられ

私には、文学についての友人は大物宮沢賢治をはじめ数多かったが、造形芸術には、あまり親しい人はいない。だから写真芸術家の濱谷氏や弟子の大村次郷の仕事に接することのできたのは望外の幸いである。濱谷氏の仕事に接することができて、私は「芸術である写真」を知った。写真については、長いこと、新聞社会面の編集が仕事だったので、毎日毎日社会にじかにつながるナマ原稿としての写真に接していたのである。

学芸欄の取材で、いつか商品陳列所の北館で開かれた芸術写真展へ取材に行ったことがあった。そのとき、午前中だったので、展覧会場には、人っこひとり入っていなかった。会場の向こうの隅に、主催者の「写真芸術家」たちが、数人いて、何か話し合っていたので、私は、そっちの方へ近づいた。ところが、押し殺したような、低い声になって、「来た来た」と一人が言い、「カバンコが来た」と言ったのが聞こえた。私は苦笑しながら、近づいてゆくと、みんなシーンとしてしまった。

「カバンコが来た」ということは、森が来たということであり、「屋根裏」という、一段三分の一ぐらいの編集者の筆者が来たということであった。絵画展が開かれたりすると、社会面の記事とは別に、文芸欄の片隅に感想を何十行か書くことにしていたが、時に酷評を書いた。それが恐れられて、私がゆくと、「カバンコが来た」といわれるのであった。

記念館の完成は間近※

「宮沢賢治記念館建設のために」という、アート紙の紙片がある。タテ二十一センチ、ヨコ二十九センチ六ミリ。裏の上段に、花巻矢沢《やさわ》の胡四王山《こしおうざん》全景写真。下段には寄付お願いの短文と記念館の顧問十三人と理事長岩田信三、常務理事照井謹二郎、理事藤田万之助ほか四人、監事二人の名がある。

記念館の概要　常設展示室。図書室兼研究室。事務室、会議室、多目的ホール、中央ラウンジ、収蔵庫その他。

記念館と収蔵庫は、もはや完成に近い。胡四王山について、次の記事がある。

胡四王山は、全山がほとんど樹木におおわれた標高一七六メートルの丘陵で、花巻市矢沢にあり、県指定自然環境保全地区に指定されておりますが、賢治記念館の建設だけは許可されています。

頂上からは岩手山や早池峰山が眺められ、北は紫波から南は和賀まで、北上川沿いの大穀倉地帯が望まれます。

そして目の下には、賢治が好きだった北上川と、イギリス海岸、そこへ流れこむ猿ヶ石川が見おろせます。

四十数種類の薬木・薬草の植生する林のみどりや、もみじの美しさ、空気の清らかさ、その上、交通至便の場所であります。

賢治もしばしば訪れた、ゆかりの地であり、「雨ニモマケズ」手帳の「経埋ムベキ山」の中にも入っておりますので記念館の建設地としては、最高・最適の地ということで、決定をみた次第です。

四月二日は、花巻松庵寺で毎年、この日に行われる「れんぎょう忌」という高村光太郎翁の逝去の日で、第二十七回忌の法要と座談会があった。その時、筆者は胡四王山にゆき、ほとんど完成に近い記念館の内外を見て感嘆久しゅうして帰って来た。

※昭和五十七（1982）年九月に開館、平成二十七（2015）年に新装開館なった

「賢治」と「検事」の誤解

宮沢賢治の『春と修羅』のなかの「春谷暁臥《しゅんこくぎょうが》」は、書いたひにちが、はっきり記してある。一九二五年五月十一日（大正十四）年である。これは五十二行の詩。賢治には二行とか四行とかの詩もあるが、五十二行は長い詩の方にはいる。

この詩が、できたときのことを書こうと思う。ゆうがた花巻からやって来た賢治が「小岩井農場に行ってみましょう」と、さそった。

小岩井駅に降りると、あたりはもう暗かった。「何か食べましょうか」と賢治は言った。が、駅前には数軒の家があるだけ。角から四、五軒目が「ソバ屋兼飲み屋」で、たった一軒明るくて、ガヤガヤ騒ぐ声がしていた。

私たちがソバを二ぜん食べる間、木こりか、イカダ流しのような労働者風・田舎風の人たちは、ぴたっと、ものを言わなくなった。あんなにガヤガヤしていた人たちが、全く無言になった。私は、変にこわくなって、おかわりのソバが、やっとノドをおりた。

賢治がお金を払って、ふたり外に出ると、飲み屋の中はまたガヤガヤとにぎやかになった。まるで、むりに息をつめて、シーンと緊張していたようであった。その緊張が一度にとけて、にぎにぎしくなったのだ。ソバ屋から出るか出ないうちだったので、私はたまげた。

角の大きな店の前を曲がり、少し歩くと、小岩井農場のトロのレールがあった。そこに来た時は、飲み屋の騒ぎはもう聞こえて来なかった。そのとき、賢治が笑いをふくみながら言ったのだ。

「私は、検事にまちがえられたのです。あなたは、給仕です――」

「賢治」と「検事」が、チラッと頭の中で交錯した。これが異様で、こっけいで、そののち長い間、私は筆にすることができなかった。

夜中に歩きながら詩作

オギャア、ホギャアーと泣く生まれたばかりの「赤ん坊」を、川にほうり込んだりする時代であった。岩手山ろくか、南昌山山脈の谷川に沿ってひとりで歩いたとき、丸裸の生まれたばかりの赤ん坊が川を流れているのを見たことがあったと、私は賢治に聞いたことがあった。

彼は夜通し歩くことが好きだった。暗い中で、手帳にスケッチした詩を、明るくなってから、苦心サンタンしてためつ、すがめつ、復元するということを話して、笑っていたものである。夜を通して盛岡から花巻まで歩くのは、盛岡中学校や盛岡高等農林学校時代に、始まったようであった。

私は若いころ、東京で心臓脚気になってから、歩くことは全く不得手になっていた。賢治が何のために、汽車に乗らず、盛岡から花巻まで歩いて帰ったのか、はじめその意味を知らない賢治の妹たちは、「兄さんはかわいそうだ」と思ったそうである。

歩きながら、夜中でも書いた「心象スケッチ」という賢治作品の中核をなす詩は、「歩くこと」によって得られたもので、こういう詩人は、空前絶後ということだろうか。「絶後」とは言いきれない。これは、ああいう「立派な詩を書く人は」と但《ただし》書きが必要のように思う。

その夜中に書いた手帳、歩きながら心象スケッチを書いた手帳を、私は、賢治自身から見せられたことがある。黒いクロス張りの、その手帳は、どこの文具店でも売っており、たしか一冊十銭だったと記憶にある。あの黒皮のように見える手帳、十銭の手帳は、たぶんかなりの数の「スケッチ帳」になって、ノートに書きうつされたあとは捨てられただろう。が、何冊かは、幸いなことに残されている。

発表の前に厳しく推敲

「春谷暁臥」には「作品第三三六番」とあり、すぐあとの「瓔珞節《ようらくせつ》」には、「作品第三四〇番」とある。この二作の前後にあった「第三三一番」から「第三三九番」までの欠番の作品は捨てられている。「心象スケッチ」という賢治の詩の第一稿は、小さな十銭の黒表紙の手帳に書かれた。それをノートや原稿用紙にうつして、何回も推敲《すいこう》改作した。長生きしたら、改作した『文語詩』だけ残して、あとは破棄しただろうと思う。ところが、さいわいなことに、『春と修羅』に、賢治が何回か手を入れて、推敲したものが何冊か、残っていた。また、『発表を要せず』と、表紙に書いたものも、そっくり残っている。

「発表を要せず」とか、詩集に鉛筆で斜めに鋭い線をひいて、棄《す》てさるものだと、本人が考えていたとしても、その線をひいた『春と修羅』が、何冊か残っているのだから、本人の意志は、どうあっても、作品は、いつまでも残る——ということなのである。『春と修羅』の巻頭から何ページ目かに、細い鋭い線で、斜めにひかれた鉛筆のあとを見ると、感慨無量である。

『絶品』といってもよい『文語詩』ではあるが、それがもとの形である作品が、残っていて、どっちもいっしょに読める——という、こういう詩人は、「絶後」ではないとして「空前」だったことは、たしかなことのように思う。

何と新鮮「酪塩《らくえん》」の表現

「春谷暁臥」を作者の朗読で耳にしたのは、たしか大正末期の事だった。そのころ、私は盛岡中学校の生徒だった。

詩を朗読するときの賢治の声は、会話のときと同じバリトン風の、張りのある声だった。朗らかな発生にもびっくりしたが、作品の香気と鮮度には、いきなりショックを受けた。詩は黙読するものと思い、朗読するものだということを、私は全く知らなかった。

酪塩のにほひが帽子いっぱいで
温く小さな暗室をつくり
谷のかしらの雪をかぶった円錐のなごり
水のやうに枯草《くさ》をわたる風の流れと
まっしろにゆれる朝の烈しい日光から
薄い睡酸を護ってゐる
　　……その雪山の裾かけて
　　　播き散らされた銅粉と
　　　　あかるく亘る禁慾の天……
佐一が向ふに中学生の制服で
たぶんはしゃっぽも顔へかぶせ
灌木藪をすかして射す
キネオラマ的ひかりのなかに
夜通しあるいたつかれのため
情操青く透明らしい
（後略）

この詩のスマートさ、さわやかさに、私はただただ感嘆した。私の詩はみんな「ガラクタ」だと思った。

「酪塩」とは、「フケ」のこと。何と新鮮で、独自で、高級な表現だろうと思い、五十数年たった今でも、あの驚きは忘れられぬ。

「春と修羅」これが詩集だという。「心象スケッチ」だという。何が何だか、わからない感動だった。

「春谷暁臥《しゅんこくぎょうが》」の朗読に感動

賢治の「春谷暁臥」の朗読を聞いて私は寒くなったり、あつくなったりして感動した。白秋や、朔太郎や、犀星と、全くちがった、大変な天才の詩と思ったが、私は、それを言えないので、胸が苦しくなったのだ。その詩の中に、私の名が書いてあるのだ。私はびっくりして、身を縮め、ひやあせが、からだ中から出て来たのである。

そのころ、私は盛岡中学校の生徒で、詩人のヒヨコどころか、まだ「タマゴ」になって、少ししかたたないときだった。詩は、熱心に書いて、ノートは何冊にもなっていた。ペンネームが、おかしかった。「畑幻人」(ハタ・ゲンジン)、「北光路幻」(キタコウジ・ゲン)などだったが、だれかが、「ほっこう・ろげん」と言って話題にしたので、私はあわてて、新しくペンネーム「鈴木清三」などと、そこらの町内にも居そうな名前をつけて使った。

私は盛岡中学校の高学年の生徒であって、「文学三人組」のような、仲のよいのがいた。一人は鉄道員、保線区の役人の子の吉田定右エ門君。もう一人は、半沢武四郎君という、馬町の住人であった。吉田定右エ門だの、半沢武四郎だのという名は、どこか赤穂浪士にでもありそうな名で、おかしかったが、ペンネームを作った方がいいじゃないか――と、私は言い出しかねていた。盛岡中学校の校友会には、ペンネームや匿名は、使わなかったし、岩手日報に作品を投書する生徒は、あまりいなかった。

畑幻人――とか、北光路幻とか、鈴木清三とか、こういうペンネームは、そのころは「匿名《とくめい》」と言われていた。文芸ものの投書には、そういうことをしなければならないという「風習」があった。「北小路幻」は、それにしても少しおかしいので、「北光路幻」としたら、「ほっこう・ろげん」と歌会で言うひとが出て、またがっかりしたことがあった。

古臭いものを退治と喝

このとき、私は、盛岡中学校生徒で、賢治のはるか後輩にちがいなかった。私は、いろいろの、おかしなペンネームを作り岩手日報に詩や文章を投稿した。「未来派の詩」というものを投稿したら、「馬鹿天才が現われたワ、未来派の詩というものを投書して来たワ」と編集言に書かれた。

夜、筆者である帷子勝郎《かたびらかつろう》記者を大沢川原の自宅に訪ねた。日報文芸欄記者は、パチッと玄関に点灯した。私を見ると、びっくりして名を訊《たず》ね、「森佐一《さいち》です」というと、「君は盛中の生徒か」とびっくりした。その人は、「バカ天才が現われたワ。未来派ノ詩ト称スルモノヲ投稿シテ来タワ、云々」と文芸欄に編集言を書き、私の原稿は没書になった。が、「何デモ彼ンデモ書イテ持ッテ来イ」と激励してくれた。

そして、二、三の先輩の名をあげ、「ああいう、古臭いものを退治しなければ、岩手の文芸に、進歩発達はない」と大げさに言った。「あんなトシヨリドモを退治しないと、岩手の文芸は、進歩しないのだ」というのは、ほんとうに、そう思っているらしく、「退治スベキ者ども」と言って、詩人や歌人や評論家の名をあげた。私は息も付けないほど、びっくりした。私の詩を、ほめてくれ、「曠野《あらの》」という雑誌、のちの巽聖歌《たつみせいか》こと野村七蔵の詩などを出してくれた小田島孤舟さんも、「退治すべき人」のリストに出ていたのである。

「退治さるべき歌人」孤舟さんは私の家の近く、私は何回か訪れて、いろいろ話を聞いていたのであった。「退治」どころではなかった。

夜の底に漂う賢治と佐一

「春谷暁臥」作品三三六番（前略十九行）

ゆふべ凍った斜子《ななこ》の月を
茄子焼山からこゝらへかけて
夜通しぶうぶう鳴らした鳥が

いま一ぴきも翔けてゐず
しづまりかへってゐるところは
やっぱり餌をとるのでなくて
石竹いろの動因だった
……佐一もおほかたそれらしかった
育牛部から山地《やま》へ抜けて
放牧柵を越えたとき
水銀いろのひかりのなかで
杖や窪地や水晶や
いろいろ春の象徴を
ぼつりぼつりと拾ってゐた……
（後略）

小岩井農場を通りぬけて、姥屋敷《うばやしき》にかかった。この夜行中、私は全く恐怖の感覚を持たなかった。岩手山や山麓《さんろく》の主《ぬし》のような人と歩いているという安心感があった。ところが、姥屋敷にかかった時だった。私は突然、俄《にわか》かに強い恐怖心にとらえられた。恐ろしさは背筋を走った。

さっき、賢治が小山に登って、またゴソゴソ下りて来たのは、姥屋敷のありかをたしかめたのだった。

水車の音が陰気だった。人がいるのだが、数軒かの家が、しいんとしていた。その深い無音がこわかった。見えるか、見えないかの境の道を踏みはずせば「どん」とか「びしゃん」と、畠《はたけ》か堰《せき》に落ちてしまうと思った。

「悪魔」とも「ドロボウ」とも「幽霊」とも、私たち二人は、こんなやみの中では、人間としての自分自身を、たしかめる手段はなかった。「物のケ」か「幽霊」などのように、実在感のない、しかし、「賢治」と「佐二」という名のある生き物が、声も立てずに、ただ夜の底、地の上を漂うように歩いていた。

ベッドさがしましょう

小岩井農場の西方、岩手山麓《ろく》に近い姥屋敷をすぎると、無人の松林の高原だった。

「二ひきの、おろかなる動物、夜の底をさまよう」「人間という哺《ほ》乳動物のほか、生きものはいるのか。キツネか野ネズミか馬か牛か」「もぐらたちだって、わが家で、ぬくぬくと、眠っているにちがいない」

そんなことを思いながら、二人は無言になって、しばらく歩いていた。

人間である二人は、物を言わなくなった。どうやら、高原になったところに出ているようであった。突然、「ベッドをさがしましょう――」と、賢治は言った。「はあ？　ベッドですか？」

びっくりした私は、愚かにも聞きかえした。「高原特製の、すばらしいベッドですよ」と、賢治は、笑った。チミ・モウリョウに聞かれては、大変だと、私は、こわかった。

ところが、そのベッドというのは、大木ではない、二、三メートルの若い松の木の下にあるようであった。松の葉が、枯れて落ち、木の下に、たまっている。それが、ふわふわ、柔らかで暖かく、「最高のベッド」だということだった。「普通の松の木よりも、落葉松の林の中の、枯れ葉の方が、ベッドには高級なんです」ということだった。

こういう落葉松の林は、小岩井農場の中にだけしかないのだという。植林である。そういわれて見ると、農場の入り口あたり、提灯《ちょうちん》をつけて歩いていた二人の人は、落葉松の林に沿った道を、だんだん遠くなっていったのを見たのを思い出した。

松の木だけが点々とある高原とすれば、そうだ、私は、ここにハツタケとりに伯父に連れられて来たことがあったのだ。

私は突然、伯父とキノコとりの帰り、数人の若い人たちが、ひどく色っぽい唄を高唱して向こうに離れて行ったのを思い出していた。

松の木の下で二人野宿

月のない夜だった。

あたりは、ほのかに、あかるいのだ。星あかりというものらしかった。

そこらは、岩手山ろく一帯の松林だが、高さは二、三メートルぐらいの松林で、ハツタケとりに来たところだった。

手ごろな松を二本えらんで、「ここに寝ましょう」と、賢治は言った。

私は驚いた。この人と歩いていると、いつもびっくりさせられていた。驚いている自分が、自分でおかしかった。

「野宿」は、生まれてからいっぺんもしたことがなかった。岩手山の頂上にも、山小屋があって、泊まったことがあった。

そのふもとの野原のまん中で、「ここで寝ましょう」といわれたのだ。「どうてん、びっくり」と、私は、子供のとき、言ったのを思い出した。

「あなたのはそれ、私のはこれにしますか」と、賢治がきめた。松の木の下にもぐり込むとき、下枝が、土の上までのびていた。

まず水平に寝ころんでから、もぐりこんだ。二本の松が、少ししか離れていないので、二人で、いろいろ話しはじめた。

「岩手山ろく、無料木賃ホテルですナ」に、私は笑わせられ、いっぺんに楽しくなった。

私は盛岡中学校の生徒だったから、花巻農学校の賢治の教え子と全く同年配だった。

「私たちの身のまわりを、私たちが眠ってしまってから、キツネの家族が幾組もやって来て、『何だかおかしな人間が、眠っているが、まさか猟師ではあるまいな。鉄砲も持っていないからナ』などと、話しているかも知れませんよ」

などと、童話そっくりな話をして、私を笑わせた。

自然物でない物の気配

高級な羽根布団のように、もくもくした何センチも、つもった松の枯れ葉の上に、ふたりは眠ることになった。

ところが、下の方は、十分満足できる「自然の最高のベッド」のようだったが、しばらくすると、暖かいのは、背中と両足の裏側の方だけで、ある、とわかってきた。

何だかつめたいような、風のようなものが、スースーと、極めて自然に、うごいているのに気がついたのだ。

しばらく考えていた賢治が「静かだが、これは、こわい空気の底流だ」と、気がついて言った。

「岩手山を暖めていた暖かい空気の層が上方に昇り、つめたい気層が、山膚《やまはだ》を降りはじめたのですよ。『気流の逆転』とでも言うのでしょうかね。服を通して、体の熱を奪われるのです」

賢治と私は、何回もからだをひっくりかえして、松の枯れ葉の暖かいベッドで暖をとり、岩手山のつめたい下降気流と戦うことになったのだ。が、

「とても、眠られそうではありませんナ」

と、賢治が言った。

「どうするつもりだろう」「何か考えているのだ」と、私は沈黙の中で思った。

「まず、歩くことにしましょう」

と、歩き出したのだ。「何か、自然物ではないもののある気配がします」と、賢治は言った。

「ははあ、岩手山神社ですよ」

と、賢治はやがて言った。

すかして見ると、暗い空間に、三角に突起したものがあった。

もっと近づくと、「なあんだ」と、賢治は、安心して言う。

「岩手山神社の小屋です」

と、賢治は「枯尾花を幽霊とみたんですね」と、カラカラとうれしそうに笑うのだった。

尊敬すべき変わった人

なんとなく、かゆいような痛いような、盛岡あたりで言う「いたがゆい」ような気持ちで目がさめた。

目は、さめたのだが、びっくりした。何かの中に、もぐり込んで寝ていたことに気がついたのだ。私は、モミガラの中だナ、と気がついた。

寺の下に、藤村さんというタマゴ屋さんがあり、その店と私の家の借家とは、隣同士であった。タマゴ屋さんの裏に小屋があった。そこには、モミガラが山になっていた。鶏卵を運ぶとき、石油箱に入れるタマゴが、こわれないようにモミガラが使われた。

そのモミガラの中で遊んだときを思い出した。首や手足がかゆいのは、そのモミガラと同じで、ソバガラの小屋であった。いかにもねむいといっても、たまげたことには、そのソバガラの山の中へ、賢治と私ともぐり込んでしまった――ということであった。

どうしても、松の木の下のフワフワベッドでは眠れそうにもなくて、神社裏のソバガラの中へもぐりこんだのであった。松の木の下の「野宿」と比べると、完全な防寒寝具にちがいなかった。ただし、布団ではなかった。種などに、ジカまきということがある。ソバガラの中へ、ジカにもぐり込んで、眠ってしまったのである。

ゴソゴソと、二人は小屋の外に出た。暁にも、まだいくらか時間があって、うっすら明けかかった空に、岩手山神社の屋根が、カッキリと見えた。

「よく眠れましたナア」と、ソバガラを払うために、まず洋服をぬいだ。賢治の顔も会話も別に変ったことをしたような、そんな感じがまったくないのだった。こういうことを、いつでもしている人なんだナ……。変わった人だが尊敬すべき人なのだと、深く感じた。

おさい銭をたんまりと

ソバガラの小屋を出た賢治と私は、身じまいをととのえて、神前で礼拝した。少しゆくと、大きな湧水《わきみず》があった。真ン中の湧き口から、泉は噴き出すように湧いた。山腹や山ろくに降った雪や雨が、いったん地下にくぐってから、ここに集まって噴き出したのであろう。「ご神水」として、頂上の次にここに一社を建立したのが岩手山神社であろうか。神社の周辺には『生出のセリ』というものがあって、盛岡あたりの一流の料亭の注文で、八百屋が仕入れていた。

その霊水があったので、神社が、ここに出来たのではないかと思って、賢治にたずねると、「ヤマトの族よりも、アイヌの族の方が早いんでしょうネ」と、いった。「アイヌを追っぱらった記念碑の神社でしょうか？」と、たずねると、「当たらずとも、遠からず、というところでしょうネ」と、答えた。

赤褐色の、こまかい砂ツブが湧き口から噴きあげられていた。泉の水が流れ出る堰《せき》のような、湿地のようなところに、背のつくんとした野ゼリがたくさん生えていた。「社務所のトウフ汁に、これが入っていて、仙界のトウフ汁といったところですヨ」

と、賢治は言った。
二、三十ぺんも岩手山に登った賢治にとっては、社務所の裏のソバガラを入れて積んである小屋などは、旧知の老人のようなものだったのではないか——と、あとで思い出しても、おかしくて笑わせられた。
「団体登山客のとまるところもあるんでしょうか」と、私がたずねると、「あッ、無銭宿泊でしたネ——」と、「おさい銭を、たんまり上げましょう——」と言った。

何もつけぬ食パンの味

あたりは、うすむらさきの五月の暁になってきた。社務所は、まだ、しんかんとして人の気配はない。「人がいるのですか?」と、声をひそめて、コソコソと賢治にたずねた。「登山シーズンで、神社はかき入れどきが、はじまっているのですがネ」と、賢治は答えた。

登山者には、登山者としての礼儀があり、姿があるのだ。私たちのように、そこらを散歩するような姿で松の下にねたり、小屋に無断でもぐり込んだり、言うならば浮浪者のようなものは、めったに出現する筈《はず》はない。神社も社務所も、まだシーンとしていた。にわかに、ドンドンと、大太鼓が鳴りはじめたりする気配は全くなかった。

そこを離れて、少しゆくと、大きな泉に出た。「ここで、口をすすぎ、顔を洗うといたしましょう」。終ると、手ぬぐいで顔を拭《ふ》いた。私にも貸した。私は両方のポケットに、ハンカチはおろか、チリ紙も持っておらず、「ハッ」とした。「ああ、セイセイしましたナ。ここで、キセルで煙草《たばこ》いっぷくというところなんですナ」と、賢治は言った。この人は、演出家でも、俳優でもあったのだナと思った。

盛岡からきのう持って来た一本の食パンは、朝になりかけた今の今まで、全く私に持たせなかった。土いろのハトロンの包み紙に、ちゃんとパンは包まれていた。奇蹟《きせき》に近い。私は前に西洋料理店で、ごちそうになったフルコースの豪華な洋食を思い出した。一本の食パンを、何もつけず、湧《わ》き水を手ですくって飲みながら食べる。こっちの方が、もっともっと豪華なのに気づいて、「ハッ」とした。

啄木・賢治の年齢に驚き

宮沢賢治は明治二十九年生まれで、私は明治四十年生まれである。若いときは、この年齢差はかなりあると感じていた。ところが妙なことに、賢治は昭和八年に三十七歳で亡くなったが、私は昭和五十七年の現在、七十六歳存命中である。こういう生きかたをしていると、啄木の年齢とか賢治の年齢ということに改めてびっくりする。

実は、このような驚きを書く前に、野村胡堂《のむらこどう》さんにときどきお会いするようになったころ、不思議なことに、年齢についての考えが、人それぞれにいろいろあるものだと感じたことがある。啄木や賢治とちがって、胡堂さんは、前半生を新聞記者としての文筆生活をされ、晩年は悠々と銭形の親分を執筆された。しかもそれは、「捕り物控」と、ご自分で命名なされた新聞の「連載物」であった。啄木や賢治が、青少年のための作品を書いた年代のもっともっとあとに、胡堂さんは、ひたすら、おとなのための読み物を書き続けておられた。そして、それは世に言う「続き物」「捕り物帳」というものであった。胡堂さんは、晩年まで長命されて、書き続けられたのである。いうならば、老年者むきの作品を、老年まで書かれたということである。

賢治や啄木を語り、二人の作品を話されるとき、胡堂さんは、ご自分の作品を、全く大衆や老年むきに、新聞に書かれた——ということを、たんたんとして話された。私は、胡堂さんとは割に親しくしていただいたが、胡堂さんの才能と、作品に、ただ感嘆した。近ごろは、私は老年の域に入ったせいか、胡堂さんの生き方、書き物に、ますます感嘆することが多くなった。

私が賢治についてお話しし、胡堂さんは啄木を語る——ということが何回もできたことに、同郷の大先輩のありがたさを今にしてしみじみ感謝しているのである。

有り難い先輩胡堂さん

野村胡堂さんは、啄木と親友だったが、賢治とは年代の差があった。大先輩だったのだ。だから、刊行物に出ないような、賢治の若いころの挿話までは知らなかった。そのためもあって、私がお話しする賢治についての小話や挿話を、好ましく聞かれるようであった。その一方で胡堂さんは、賢治の両親の名前や賢治の生年月日を覚えておられるので、先輩というものはありがたいものだ、と思った。

あるとき、やはり「賢治ばなし」を、ひとくさり申し上げ、東京・高井戸のお宅から辞去するとき、胡堂さんは「私も郵便局に、ちょっと出かけますから、ごいっしょしましょうか」と、言われた。

胡堂さんのお宅は、日本で一番大きな養老院に近かった。胡堂さんに寄贈された雑誌はすべて、この養老院に寄贈された。ただ、それらの雑誌は、どれを開いても胡堂さんの作品は載っていなかった。胡堂さんが自分の作品のページをすべて切り取ったからだ。ただし、これらの作品は一冊の本として出版されたあと、養老院に改めて寄贈された。

ところで、胡堂さんと私は、だらだら坂を下りて、つき当たりにある上高井戸の郵便局に向かった。そこにつくと胡堂さんは、ふところから何通もの封筒を出されて、客の一人もいない窓口で、小為替を何通か作ってもらい、その封筒を書留にされた。

封筒のあて名が、誰々《だれだれ》かは、もちろん私にはわからなかったが、胡堂さんのお話によると、大衆物や昔物を書いて、当時はさっぱり売れない、才能のある作家のタマゴたちの何人かに、生活費の一助にと、為替で送金されているもののようであった。

「あなたは、国のひとだから、おみせしても――」と、暗に、「東京でゴシップの種になることはありませんからネ――」という意味を込めておっしゃられた胡堂さんのお話しを、おうかがいした私は、「胡堂さんは、やっぱり親分なのだな」と、心に深く刻んだ。

三傑作の一つ「鎔岩流」

先ごろ、岩手山ろくに、賢治碑が建った。建てたのは、西根町観光協会と西根町商工会の人たち。

詩は「鎔岩流」。

七月十七日除幕。

この詩は、四十四行の長い作。碑の高さは一メートルに少し足りないし、幅は三メートルに少し足りない。

喪神のしろいかがみが
薬師火口のいただきにかかり
日かげになつた火山礫堆《れきたい》の中腹から
畏るべくかなしむべき砕塊熔岩《ブロツクレーバ》の黒
わたくしはさつきの柏や松の野原をよぎるときから
なにかあかるい曠原風の情調を
ばらばらにするやうなひどいけしきが
（後略）

で、はじまる。賢治の作品のうちでも、比較的長くて格調が高く、堂々としている。
賢治詩には「岩手山」という有名な四行詩がある。

そらの散乱反射《さんらんはんしゃ》のなかに
古ぼけて黒くゑぐるもの
※ひしめく微塵《みじん》の深みの底に
きたなくしろく澱《よど》むもの
※宮沢家所蔵本の賢治の手入れ

ところが、賢治詩には「小岩井農場」というパート一からパート九まで、数百行の作がある。

四行と数百行。最短のうちの一つと最長の詩が、「岩手山」と「小岩井農場」だ。長短にかかわりなく、この二編は第一級の作品と思われる。

こんどの「鎔岩流」の詩碑は、黒い粘板岩で、岩手山の熔岩流のそばに建ったことと、花巻の「雨ニモマケズ」と、この「岩手山」と、いまのところ、賢治詩碑のうちでは、三つの傑作というふうに言っても、過言ではないかも知れない。

碑建てられた山が喜ぶ

賢治は、中学時代から、岩手山に登山すること数十回といわれている。

二、三十回という人もあり、三、四十回という人もあって、確かな登山回数は、本人の賢治自身も知らなかったのではないかと、話す人もいる。

建てた場所もよく、碑の形も立派である。

そして、これまた、よきかなと思ったことは、「岩手山」に、正面むいて建てられていることだ。これは、気がついてみると、ごく当りまえのことである。登山者が、麓《ふもと》で、まず目に入るのは、詩碑の背中であって、正面は、ちゃんと岩手山にむいているのである。

建てたのは、西根町の観光協会と商工会。建立の費用は三百万円。

作品がいいうえに、場所がよくて、碑の形がいい。ここにこんな、いい賢治詩碑を建てられて、岩手山の山神も、よろこんでいるにちがいない。

思えば、世の中には、たくさんの句碑、歌碑、文学碑があるのだが、建てられた本人よりも、建てられた山が喜んでいる——といったふうな文学碑もあるのだろうと考えると、ほくほくとうれしくなる。こんどの賢治詩碑は、そんな感じである。

「独自の詩人」の意味知る

岩手山麓《さんろく》の泉——その丸い泉（わき水）は直径数《メートル》。真んなかにわき口があって、モレモレと、きれいな砂が底のわき口から噴きあげられている。賢治に連れて来られて、生まれてはじめて見る不思議な、小さな自然現象が、どっしりとした岩手山の山麓にあったのに、私はひどく感動した。

その美しさを見ながら賢治は、小さな手帳に何か書いている。これが「心象スケッチ」というものを書くときの姿かと、私は心に焼きつけようと思った。

「心象スケッチ」を、私の目の前で書く宮沢さん——私は、はじめてお目にかかって、体がわくわくとふるえ出そうとするのを、一生懸命しずめた。当時、私は、萩原朔太郎や室生犀星の詩に心酔していた。しかし、この時の賢治の姿を見て、私は「詩」を書くことを、やめることにした。全く類のない詩を、どんどん書いている人と、私は一緒にいた。いくらでも、四行でも、四十行でも、四百行でも、その内容にちょうど合った長さの詩を書くこの人は、天才なのだ。だから私は詩を作るのをやめるにしかずと思った。

同じ時間と空間の中にいて、私とはまるっきり違うものを私の目の前で書く。この人と知り合いになったというだけで、私の生まれて来たことが、ありがたいことだと思えたからだ。「独自の作品」「独自の詩人」のほんとうの意味を知り、その人と歩いたり、話したり、食べたりできる。「永遠の未完成、これ完成である」などということを言った人は、この人のほかにはいない。生きて、この人と会えたことは、何という幸せかと思った。私が見たこの人のことを、書き残そうと私は心に決めた。

「体感」?　ニカニカ笑う

岩手山麓《さんろく》の泉――。

その泉のまわりには、ふわふわと、海綿といったらいいような、もっとふわふわして、形容にこまるような、おかしな物があった。

大量にあった。それが何だか、すぐには、私には、わからなかった。

ニコニコ笑って、賢治が言ったのだ。

――ウマノウンコデスヨ。

私は思わず「ワァ」と言ってしまった。その私を見て、こんどは賢治がニカニカと笑ったのだ。心中、愉快でたまらないといった感じだった。

春から秋まで放牧された南部馬たちが、この泉のまわりに集まっては、水を飲んでいるわけだった。

水が、あんまり、うまいので、ここに集まると、自然にウンコが出たり、オシッコが出たりというわけだったろう。

馬尿は土にしみて、馬ふんの方は雨、雪に浄化されて、こまかいワラの形に還元してしまうのであろう。

そこで、泉のまわりには、ふわふわした、無臭にちかいワラの粉末に還元した、形容のできないものが、ドーナツ型になって、相当の量に積んであるということだった。

「ワァ」と言って、おどろく、そのおどろきかたに賢治はニカニカと笑って、よろこんでいるのだ。

この清潔きわまる、元馬のウンコだったから、ワタのかわりに布団や、まくらに入れても、だれもわからないにちがいない――などと、私が言うと、ますます賢治は笑った。何でも、勝手に言う、私のような生徒は、花巻農学校にはひとりもいないのか、みんな、まじめな生徒たちばかりかな、と私は思ったことであった。

この人が書いた童話に「笑って、笑って、笑いました――」という文句が、よく出てくるのは、賢治自身の「実感」「体感」かなと思った。

八百屋の店頭の出会い

宮沢賢治は私に会う前まで、私のことを、賢治と同年生まれの詩人藤原嘉藤治《かとうじ》(当時、花巻女学校の音楽教師)と同年配だと、何となく思っていたと、後年私に言った。だから、私を訪ねてみたら、惣門の「八百屋の息子」で驚いたという。

私の祖父佐助は、啄木の友人平野八兵衛さんの杜氏頭《とうじ》だったし、八百屋の店は祖母と母がやっていて、父佐吉は鉄道の機関手。私佐一は盛岡中学校の生徒だった。賢治は、私を同年配と思って会いに来て、予想がことごとく違っていたと、あとで大笑いしたことであった。

私のペンネーム「森荘已池《そういち》」は悪評だった。「ソウキチ」や「ソウミチ」と、よく間違えられた。直木賞をもらってから本名まがいの「惣一」になるのも、おかしいと思い、そのままにしていたが、別荘の中に池があるようで、二間まぐちの八百屋の息子にしてはハイカラスギルという人もあって閉口した。

◇

そのとき、母が、店にお客さんが来たと私を呼んだ。中学校時代から同級生には、店の外で私の名を呼ばれていたが、「客」とは何だろうと、変に思ったのだが、奥から店に出た。

その人は、立派な洋服を着て、帽子を手に持って、店の入り口に立っていた。いっぺんも見た事のない人だ。帽子を片手に、その先生らしい紳士は、店に飛び出して行った私を見ると、おじぎもしない、あいさつもしないで、ジーッと私を見た。「これは変だ。何か、まちがったぞ」というような顔になって、しばらく私を見ていたのである。

賢治は後年、この時の八百屋の店頭の出会いを、うれしそうに話したものであった。

お産見舞いの品に驚く

昭和六年一月二十九日、長女が産まれた。いま住んでいる通称「寺の下」のすまいの二階である。四間に四間の総二階だが、階下は、柱が一本もない土間。二階も、半分はタタミ敷きだが、半分は板の間の物置きだった。

二月十一日の紀元節か、また日曜日だったか、賢治がお産見舞いに来てくれた。

私は新聞記者で、社に出勤したあとであった。朝からのんのんとボタン雪の降る日だった。賢治は多分、仙北町駅で降りたのだと思うが、休みなく降る雪の中を、人力車できたのであった。

お産見舞いを二階にいた母に渡して、待たせておいた人力車に乗って、すぐ帰ったという。

私は帰宅して、そのきれいな花もようのチャンチャンコと、桃いろのネルの布の手ざわりのよさにびっくりしたのであった。

だれか階下で、聞きなれない上品な声がしたので、母が階段をおりたら、顔みしりの宮沢さんで、しかも、お産見舞いに来られたということだった。

「お言葉といい、お顔といい、お静かなお方だった」と、母は感心していた。

お産部屋には、お入りにならず、お帰りになったという。

母には、この二階に宮沢さんが、いっぺんとまったことがあり、朝早く、花巻に帰られたのを、私が知らないで寝ていて、ひどく、たしなめられたことがあった。

初めて西洋料理食べる

盛岡市新馬町《しんうままち》（現在の松尾町）の盛岡劇場の隣に、太洋軒という西洋料理店があった。レストランと言ったか、言わなかったかは、記憶にない。

盛岡劇場に、民間飛行機を持って来て興行した人があり、全市の小学校の生徒が、団体でみんな見に行った。ブーン、ブーンと、プロペラを回して見せた。押すな押すなの満員大入りであった。その盛劇隣の太洋軒に、賢治に連れて行かれたが、私はそのとき、はじめて西洋料理をごちそうになった。カレーライスとかハヤシライスも、食べたことがなかった。当時は、肉の入った食べ物を食べない家が沢山《たくさん》あった。

曽我《そが》廼家《のや》（?）の喜劇を見る前に、西洋料理をごちそうするということだった。浅い大皿に醤油《しょうゆ》汁のようで、何の「ミ」も入らないものが現れた。まず困惑した。が、賢治が皿を少しかしげて、大サジで飲みだしたので「まねをすればいいのだな」と直感した。何も入っていないのに、その「お吸い物」は、とてもおいしかった。だから、この店で出すものは肉だって、魚だって、何だっておいしいにちがいないと、安心することにした。

西洋料理は、沢山の人が、大宴会のようにして食べるのが、ほんとうなんです――と、賢治は説明した。「一品ずつ持って来ますから、みんな残さないで食べるのが礼儀です。私のマネをして、どんどん食べてください。残してはいけません。私のマネをして食べておればいいのです」と、賢治は笑った。

マネして食べてさえいればいいのだということで、私の心臓はゆっくり打ち、お役目は、もっぱら胃の腑《ふ》の方に移っていたのであった。こんなに人を安心させる賢治を先生としている花巻農学校の生徒たちを、私は、何となくうらやましいと思った。

自作喜劇のさわり実演

盛岡市新馬町の盛岡劇場で曽我廼家の喜劇を見せてもらった。賢治は、悲劇よりは、喜劇を好んでいた。曽我廼家の喜劇を大勢の観客にまじって見ながら、「喜劇」の「作劇術」を話してくれた。その話を聞きながら見ていると、一人の作劇術の先生から、一人の生徒が実地の勉強しているような感じであった。

賢治は数編しか、劇の脚本を残さなかったのだが、脚本は、自筆の原稿だった。花巻農学校で、実演して、生徒や父兄を笑いの渦にまきこんだと聞いた。そのころの農学校の生徒は、明治四十年前後に生まれていて、私と大体同年だった。

私は、その劇上演、練習の話などを聞いたとき、ほんとうに驚いた。セリフも、劇の展開も、もう長い年月がすぎ去っているのに、時間・空間と関係がないように、年齢なども消し飛んで、ありありと聞かせてくれたからだ。私は貴重な宝物をもらったように記憶している。

新馬町の太洋軒で西洋料理を食べるのをやめて作者賢治の「実演」はもちろん「さわり」の所だけだったが、女給さんたちが、かわるがわる、ドアを細めにあけて、のぞきにきた。

それにもまして、驚くべきことが起きていた。

太洋軒という西洋料亭は、盛岡劇場のすぐ隣にあった。窓は数メートルしか離れていないほど、近かった。

賢治が、次つぎに歌う「賢治自作」の喜劇の中の「歌」を、聞きつけた盛岡劇場の観客が数人、窓から顔を出して熱心に聞いているのに、私は気がついたのである。

ソプラノ、テノール、バリトン、バスなどという独立したものの「公演」は、公会堂はまだなくて、盛岡では聞くことのできない時代のことであった。

おごりの頂上の洋定食

宮沢さんに、ごちそうになったこと――。

洋食の「一番立派なもの。おごりの頂上の定食」（賢治のことば）から、東京・神田で、労働者が一番好きな「牛ドン」、東京・本郷で「大学生が一番好きなカレーライス」などと、賢治は、その時説明した。盛岡あたりの、なみの家庭では、食べないものを昭和のはじめに、ごちそうになった。五十余年前の話。

私には、みんな「ごちそう」であった。

盛岡・新馬町の太洋軒、花巻の精養軒では、「おごりの頂上の洋定食」を、ごちそうになった。

「牛ドン」は、盛岡市内丸赤川橋際の肉屋さんが兼業にやっている食堂で食べさせられた。花巻駅前の精養軒の支店では、「カレーライス」をごちそうになった。

どっちも、おいしいようなまずいような……、私は生まれてはじめて口にしたのである。

突然、昼めしどきにやって来た賢治は、「ご飯前だったら、ちょっと、外に出ませんか」と、内丸の新聞社の玄関から私を連れ出したのだった。私のそのころの着物は、ハオリ・ハカマで、食べ物は小さな、ひと口で食べられそうなおにぎりを六つ。しょうゆを付けて、焼いたものを昼めしにしていた。

新聞社の大将の後藤清郎主筆は、それを見ると、「ヒトノニギリメシ、食イタイナ」と、いつでも言うので、ひとつあげると、「ウマイ、ウマイ」と、よろこんで食べた。

私が、当時していた社会面の編集では、夕刊のときは早番で、ベントウ持参だった。遅番の朝刊のときは、午後の出社だったからベントウはなし。だから、後藤主筆の「ひとくちおにぎり」のご無心は、ときどきということで、大した〝害〟ではなかった。

やはり岡山さんを尊敬

「羅須地人協会」に賢治を訪れて泊まったときのこと。

泊まることなどは、考えても来なかったが、話に熱中して、自然にそうなった。

北小路・幻だの、畑・幻人だのというペンネームは、私、森佐一と同一人ということは、わかったが、鈴木清三というような地味なペンネームは、わからなかった――と笑った。

「なぜ、岩手毎日新聞に童話を発表して、岩手日報には出さないんですか」と聞いたら、「別に、わけはありません。毎日の岡山さんが、花巻の人なんです」ということだった。南部藩士だった岡山家の先祖がうんぬんという説明だった。

啄木が親しかった岡山不衣《ふい》（儀七《ぎしち》）さんを、賢治も尊敬していると聞いて、私は心中、大いに喜んだのであった。

岩手日報の花巻支局長と、岩手毎日新聞の支局長から、なぜ、岩手毎日新聞に賢治の童話が連載され、岩手日報には出なかったのか、その間の事情を聴かないでしまったのが、今さらのようにくやまれる。

私の家の近所には、岩手毎日新聞に関係の深い長老で富豪も住んでいたが、岩手毎日新聞を「毎日」みせてもらいにゆけないような感じであった。

啄木と親しかった平野八兵衛さんの店にゆくのも、はばかれた。内丸に県立図書館ができてからは、土地の新聞、東京の新聞、地方の週刊誌などが気やすく閲覧でき、新聞が見られるので、県立図書館の新聞閲覧室は大にぎわいだった。

また、県立図書館の閲覧室の方は、学期末試験が近付くと、盛岡中学校の生徒でいっぱいになった。

私も、同級生の半沢武四郎などと、学校の帰りは毎日のように県立図書館に寄って、一冊の本も、辞書も読まないで、ただ、予習・復習や、上級学校の受験準備のために猛勉強をしていた。

茶碗の底に光る細い環

花巻の下根子の通称「さくら」というところに、「雨ニモマケズ」の大きな詩碑が建っている。諸氏先刻ご承知のその場所は、北上川がつくった「河岸段丘」の、みごとな標本のようで、「天《てん》狗《ぐ》の鼻」のように突き出ている。

そこに宮沢家の別荘があり、「羅須地人協会」があった。

かなり前に建ったものだが、立派な二階造りだ。一階、二階ともに、東方と南方が、ガラス窓で、廊下を通して明るい日光が入るような入念な造り方だ。

高台の河岸段丘のはずれだったし、隣家はかなり離れて、間に畠《はたけ》があったから、閑静なところであった。

建物の前には深い井戸があった。この井戸は、今もフタをして残されている。井戸さらいさえすれば、祖父の喜助さんや賢治が使っていたときと同じように、うまくてつめたい水が飲めるはずだ。

この家に、私が泊まったときのこと。

顔を洗いましょうと言って、賢治は、皿に塩を盛り、タオルを持って、井戸端に私を連れ出た。

塩で口をすすいで、顔を洗って、さてその次に、私は、その水を飲もうと思った。

「おいしい水ですよ」と、賢治は言った。

いかにも、うまそうな、ゴハン茶碗《ちゃわん》にいっぱいの水だった。

さて、飲みましょうかな、と思って、お盆から茶碗を手にして、ふと茶碗の中を見た。何か入っている。数本の松の葉っぱだった。

その葉っぱにも陽《ひ》がさしていた。そして、その影が、茶碗の底に落ちていた。

その松の葉っぱの影が、茶碗の内側に光る細い環《わ》を作っていた。

ダイヤモンドのような光を発していたのだ。私はフッと、賢治の顔を振りかえって見た。

やさしい賢治の両眼が、私を見て、ほのかに笑っていた。

伝記の全集に欠かせず

二つの出版社から出ている児童ものの伝記の全集（五十巻と三十巻）の、どっちにも、宮沢賢治が入っている。

A社のもの
①野口英世　②ヘレン・ケラー　③ベートーベン　④宮沢賢治　⑤ナイチンゲール
⑥キリスト　⑦豊臣秀吉　⑧ベーブ・ルース　⑨ナポレオン　⑩良寛　⑪シューベルト
⑫エジソン　⑬湯川秀樹　⑭ガリレオ　⑮キューリー夫人　⑯徳川家康　⑰リンカーン
⑱ケネディ　⑲源義経　⑳ノーベル　（以下略）

B社のもの
①リンカーン　②野口英世　③エジソン　④キュリー夫人　⑤福沢諭吉　⑥ヘレン・ケラー

⑦豊臣秀吉　⑧ナイチンゲール

以下日本人だけぬくと――

⑩二宮金次郎　⑫良寛さま　⑭湯川秀樹　⑯一休ぜんじ　⑰徳川家康　㉒宮沢賢治

㊳石川啄木

三十巻ものには、宮沢賢治だけ、五十巻ものには、宮沢賢治と石川啄木の二人が入っている。五十巻の方は「児童伝記シリーズ」というもの。三十巻の方は「カラー版子どもの伝記」というものである。児童むきの本は、とんでもないことが書いてあって、びっくりさせられることがある。「童話の名作を書いた農村の指導者宮沢賢治」の著者の本を見ると、次のようにあった。

○

盛岡は、岩手県にある大きなまちで（中略）おしろのあとにたっている盛岡中学はふるくからある学校で、ゆうめいな歌人の石川啄木も、この中学校にまなびました。

盛岡中学校が「内丸」にあるというのを、早合点して、盛岡城跡の中に建っていると思ったものであろう。盛岡を全く知らないなら、調べればすぐわかること。乱暴なものと驚いた。

外歩きをしながら話す

盛岡高等農林学校（現在の岩手大学農学部）に用事のある賢治に誘われて、上田まで歩いていった。

賢治は、外を歩きながら話すことが、とても好きだった。なぜ、外を歩きながら話したりするのだろう――私には不審なことだった。何べんも、そういうことがあった。

「なァんだ」と、ずいぶん後になって気がついて、ひとり笑いをしたことだった。二つも三つも、用をかかえて盛岡に来るらしく、それがこういう習慣を持たせたのであった。歩きながら、いろいろ用事ではない「会話」をする。このことを、スマートで、実用的でもあると考えていたのだろう、と気がついたのである。

賢治は盛岡へ来る時、花巻駅から汽車に乗ってきた。仙北町駅で降り、明治橋を渡れば惣門の八百屋という私の家へは歩いて十分もかからずに、こられた。「高等農林にゆきましょう」と、このときも誘われた。

岩手公園の中を通って、公園のことについて話すのを聞いた。公園は変わらないが、時代とともに、花の種類や人のようすは変わってくるということなのだった。ガチョウだか白鳥だかがいて、グラウンドにいるハカマ姿の女学生を追いかけた……というような話をした。

それから高等農林にいった。花壇のような、実習園のような所にいった。そこにある小屋か事務所に入って用をすました。そのあと、材木町の永祥院のあたりで、ソバをごちそうになった。

帰りは杉土手を歩き、仙北町駅まで見送った。
「ぜひ、花巻においでなさい。農学校では、三日に一ぺん宿直がありますから、とまりがけでおいでなさい」と賢治がいった。学校に泊まりがけで来るようにと誘われて、私はびっくりした。

ただただ息をのむ驚き

花巻の宮沢家にいったときのこと。賢治に通された部屋は二階だったが、きょろきょろ、そこらを見たりする、そんな余裕も持たない中学生であった。それに、どうしたことか、その二階は、暗かったばかりではなく、そこにいると宮沢賢治という人について、「春と修羅」どころではないいろいろなことが、どさどさとわかってきて、ほんとうに息の根もとまるほどのことが続いたのだ。

まず第一には、ビクターの大盤のレコードだった。このときの驚きは、はかり知れないもので、なぜ、こんなものが、ここにあるのか。この人は、西洋音楽がよくわかってレコードを集めたりきいたりしているのか……。ところが、外国から来たレコードを聴いたあと、持ち出されたのは、東海道五十三次の版画や、男女仲よくしている「春画」というものだった。全く見たことも、聞いたこともないものに、圧倒されてしまったのだが、色が白くて、やさしくて、言葉がほんとうの東京弁だったことまで、ただただ息をのむように驚きが重なったのである。

大盤のレコードを何枚か、賢治がくれた。私は、すっかり「西洋音楽」のとりこになった。バリトンの照井栄三が母の縁につながっていたこともあって、青春の日々に、よい体験を積ませてもらった。

洋食のマナーを教わる

私は、「牛丼《どん》」というものを、賢治に、はじめてごちそうになった。

盛岡の信心ぶかい商家では、「生グサモノ」を一切食べない「おしょうじんの日」が、月に何日もあった。きょうは「誰《だれ》の日」「誰の日」という日があった。「誰」というのは、亡くなった人のことで、その日は、一日おしょうじんをして、サカナや肉などを、食べない日だった。南部城下盛岡の町に、京都から多くの町人が移住して来たのが、その原因だった、と言う人もあった。「朝しょうじん」と言って、朝の味噌《みそ》汁に、だしをとるカツオブシを入れないで、コンブだしにしている商家も多かった。「洋食」は、ケダモノの肉を、直接に食べる料理があるものだから、もちろんだめで、おしょうじんの日には、「お吸い物」もコンブだしの家が多かったのだ。もちろん宮沢家も、厳しい昔風の仏教徒だったから、戒律は厳しいものがあった。

ところが、料理というものは、おもしろいもので、「カツオブシ」のだしよりも「シイタケ」とか「コンブ」のだしの方が、ずっとおいしいものなのである。

私は「仏家《ぶっか》」の、ほんとうの料理の味を、宮沢家にとまって知った。十字屋版の賢治全集編集の手伝いに、半年余りも宮沢家と岩田家にとまったときのことであった。岩田家のおばあちゃんは、政次郎翁の妹さんである。

声高の激論に身すくむ

宮沢賢治が、有名なカタカナの詩「雨ニモマケズ」の中に、「イツモシヅカニワラッテヰル」人になりたいと書いている。

浄法寺の高橋《たかはし》勘《かん》太郎《たろう》さんは篤実な仏教徒で、暁烏《あけがらす》敏《はや》門下で、賢治の父と同信・同行の親友だった。

賢治が盛岡で玉井さん方に下宿していた時、弟やいとこ三人も同宿していた。監督もかねてのことだった。

玉井方に勘太郎さんが、賢治を訪ねて来た時のこと。

賢治の部屋では、はじめ隣室の三人には聞こえないぐらいの小声で話していた。

ところが、そのうちに、二人の、かん高い声が聞こえ、大激論がはじまった。

勘太郎さんは篤信の人。賢治の父と同信で、暁烏敏さんの仏教講習会には、政次郎さんと共同の主催者のように、集まる人々を世話するのであった。

この、ごく親しい勘太郎さんが、玉井さん方に、賢治を訪ねて来た時のことである。勘太郎さんは二戸の人。

このとき、隣室にいた三人は、すくんでしまってふるえが止まらず、立つも、声を立てるも、全くできなかったという。

このことを、後年、清六さんが話してくれた。

清六さんも、こうしたことは後にも、先にも、聞いたこともないほどの兄の議論だったという。勘太郎さんは、政次郎さんの無二の親友。暁烏敏さんの高弟であった。

「あんな静かな二人が、あんなに高声で激論したもナサ、ああいうことは、いっぺんも聞いたこともないナサ」と、清六さんは話した。

弟らを引率し岩手登山

盛岡市下の橋通りの玉井さん方に下宿していた時の賢治は、弟と親類の男の子の三人を監督していた。本人は、この若者たちの監督を「愉快だった」と言ったが、それは追憶が言わせたもので、実際は、かなり大変だった。賢治が監督していたのは、家庭から解放されたちゃめっけいっぱいの中学校一、二年生たちだったのだから。

大きな話が持ち上がった。賢治の話した「おやまかけ話」（岩手登山）が、三人の男の子を魅了した。賢治に岩手登山をせがむ。火をつけ、燃えあがらせておいて、ほったらかしにしてはおけなかった。岩手山頂の霊気に触れなければ、騒ぐ血は静まるはずがない。

賢治の両親、石橋を叩《たた》いて渡るとか、叩いても渡らない人とかいう評判の政次郎さんや、やさしいこと、このうえない母親のイチさん。男の兄弟は二人だけで、あと三人は女。その男の子二人が「もしも遭難したら」などとの思いもあったことだろう。

が、人生には「ふし目」があって、それを越え越えして「人コ」は「人」になるなどの持説を、口に出しても言っていた政次郎さんだった。ひと夏中、三人の男の子たちにつつかれた賢治が、連れて行くというのであれば、許さないわけにはいかなかった。

盛岡や花巻あたりでも同じだったと思うが、「おやまかけ」のしるしに、登山者たちは「みやまシャクナゲ」を採取してきた。それを家の門口の表札のわきに掛けて、邪気を防ぐおまじないにした。それが、誇りのしるしでもあった。

この時の登山が、後年、長い長い詩になった。賢治の作品では、もっとも長い。また、二番目に短い四行の文語詩にもなった。さらに、この登山の話を、のちに花巻農学校でしたところ、生徒たちが感動、集団登山にもなったのだ。

雷雨の中大声でお題目

大正六年九月三十日から、十月一日にかけて、宮沢賢治が岩手山に登山しようとして、できなかったときのこと。

このとき賢治は、盛岡高等農林学校の生徒であった。弟の清六さんや、いとこの安太郎（ともに盛岡中）さん、磯吉さん（盛岡農）たちは、やっと一年生と二年生であった。

花巻の家族の許しを得て、やっと夏休みが過ぎて、九月三十日の夜から岩手山にゆくことになった。みんなは、小躍りして喜んだ。

土曜日の晩であった。柳沢から、いよいよ、夜にかけて登り、頂上で、朝のお日様を拝む――ということに決まった。

柳沢に着くと、ひどい雷雨になった。頭の上で、ぴかぴか、ごろごろと、ものすごい雷雨になったのだ。

はぐれないように、賢治を先頭に、大きな声でお題目をとなえた。一晩歩き回って道をさがせず、朝、ずぶぬれで柳沢に引っ返した。

夜が明けると、ウソのような良い天気になった。頂上の初雪が、くっきりと見えた。三人組は、また「登ろう」とせがんだが、「学校にさしつかえる」と賢治は聞き入れず、帰ったのであった。

スマートに人を驚かす

大正六年十月一日、雷雨のため岩手登山ができなかった次の朝、賢治は、三人の若人たちに、珍しいお菓子を食べさせた。

銀色に光る丸い物を出した。それを、つめを立ててはぐと、栗いろの丸いものが現れた。「チョコレートというものだ。おいしいもんだジョ」と、兄は、ふざけて言った。三人の少年たちは、びっくりして、顔を見合わせた。三人とも少し顔いろが変わっていた。何だかわからなくて気味が悪かった。

「アメ玉なんかより、ずっとずっとうまいもんだ。おいしいもんだジョ」と笑った兄は、ポイと口の中へそれをほうりこんだ。若い三人には、見たことも、聞いたこともないものだった。おっかなおっかな、顔を見合わせながら、言われる通り口に入れた。

不思議な味だった。「外国のお菓子だべが、ハクライだべが」と、一人が言った。

「外国のオカシだども、メード・イン・ジャパンだ」と、中学生たちに、賢治は、すてきな英語を使った。

不思議な色をした菓子を、おっかな、おっかなと、口に入れてかむと、あめ玉とちがって、歯がくい込む柔らかいものだった。「西洋を食べでるみてえな、気持ちコだんすじゃ！」と、清六さんが言った。兄は、ニカニカと、さもさもうれしそうに笑った。

「そういうふうに、人を驚かすごど、好きな人だったんすじゃ」と、清六さんは言ったのであった。

天才詩人も困る花巻弁

宮沢賢治の『春と修羅』はおもしろい詩集である。ユーモアで、いっぱいである。

彼の詩のなかで、一番長い「小岩井農場」は「パート一」から「パート九」まであるが、「パート一」だけで百七行もある。ところが、この長い詩のあとに、たった二行の詩がある。

報　告

さつき火事だとさわぎましたのは虹でございました

もう一時間もつづいてりんと張つて居ります

この「報告」の次にまた短い作品が二編ある。

岩手山
そらの散乱反射《さんらんはんしや》のなかに
古ぼけて黒くゑぐるもの
ひしめく※微塵《みじん》の深みの底に
きたなくしろく澱《よど》むもの

※宮沢家所蔵本の賢治の手入れ

そして次が、

高　原
海だべがど　おら　おもたれば
やつぱり光る山だたぢやい
ホウ
髪毛《かみけ》　風吹けば

鹿踊《しし》りだぢゃい

この最後の行の「鹿」には「しし」とルビが付いている。「ぢゃい」というのは、「花巻方言」の語尾に使う言葉で、むずかしい発音の半濁音で、アイウエオでは、表現できない。作者賢治も、即物的に花巻方言を表現できないので、こまった末、「ぢゃい」としたのであろう。

南部方言の「ゼエ、ゼエ」とか、「ジャ、ジャ、ジャ」とかいう濁音、または感嘆詞、また語尾につく半濁音は、正調の日本語には、表記法がないので、花巻方言の語尾の濁音を詩の中に使うとき、「どこか、背中が、かゆいのに、かゆいところに、手がとどかないで、こまるんですね」と、賢治は笑った。

かゆい背中をかけない気持ちで、「天才詩人」も方言はこまったのだ。劇では方言が、みごとに成功しているが。

気配りの洋食ごちそう

宮沢賢治は、私や花巻農学校の教え子たちに、フルコースの洋食をごちそうしてくれたが、なぜだったのだろうか。

私は盛岡中学校の生徒で、明治四十年生まれ。賢治の教え子だった農学校の生徒たちも、明治四十年前後の生まれ。賢治は二十九年生まれだから、私たちは賢治より十歳前後、年下だったのだ。

だから、賢治からみれば私たちは弟たち、といった感じだったのだろう。また、花巻農学校は小さく、生徒数が多くはなかった、ということも互いの結びつきを深めることになったのであろう。「かたいうち」というのが、商家にも、農家にも、どんな階層の家にもあった。酒を一合（一八〇cc）買い、まず「おみき」として神棚にあげる。そのあと、その「おみき」を飲むのではなく、杯一杯ぐらいずつ、「ダシ酒」として使う。なかには、杯一杯にならないほど少量のダシ酒を使う、より「かたい家」もあった。そんな時代であった。

私が賢治に洋食をごちそうになったように、農学校の生徒たちも賢治に洋食をごちそうになったことがある、ということをあとで知った。農学校の卒業生と私とが、盛岡の立派な西洋料亭でごちそうになったこともあった。

賢治が私たちにフルコースの洋食をごちそうしてくれたのは、おいしく珍しいものだったから、ということではなかった。と後年になって気がついた。つまり、私や生徒たちが社会に出てから役に立つように、という賢治の気配りからのものだった。「社会教育」とか「教養講座」というたぐいのものだったのだ。私たちが十歳前後、年下だったから、この恩恵に浴すことができた。ある西洋料亭でごちそうになった時、「私が明治四十年生まれで、本当によかった」と賢治にいった。賢治は、無言で、ただニコニコと笑っていたのであった。

思考しながら夜道歩く

賢治が大好きだった中里介山《なかざとかいざん》の大長編大衆小説「大菩薩峠」の中に、むやみに足の速い怪盗が出てくる。悪七兵衛とかいうその怪盗を詠みこんだ文語詩を作った、とニコニコ笑いながら話してくれたことがあったほどだ。

盛岡中学時代、賢治は、盛岡から花巻までの道を、夜中によく歩いて帰ったものだった。ところが、大人になってからの話だが、花巻から沼宮内まで歩いたことがあったという。

夕方だった。賢治の叔父の磯吉さんが、花巻の町中で、帽子をかぶった賢治と、ひよっこり会った。ご飯時だったので、磯吉さんは不審に思って「どこさ行く、どこさだ?」と尋ねた。すると、賢治はいたずらっぽく笑って「ちょっと、沼宮内まで」と答えたという。

磯吉さんは、びっくりした。十七、八里もある道を、汽車にも乗らないで歩いて行く、というのだ。「何用コだす?」と聞くと、「農事講演会みたいなもんだなサ」と答え、「オジコさんさば、黙っていてけんじゃ。むちゃな奴《やつ》だと、くられるから※」と笑いながら、すたすたと速い足どりで行ってしまった。

賢治は夜道を歩きながら物を考えたり、詩を作ったりするのだナ、と磯吉さんは、その後ろ姿を見送りながら感動した。そして、ふと、賢治の行った方角に目をやると、悪七兵衛のように速く歩く賢治の姿は、すでに小さくなっていた。

※叱られるから

心温まる不思議な文字

宮沢賢治が「心象スケッチ」した手帳が、何十冊も残っている。

手帳のうちには、歩きながら、真夜中、闇《やみ》の中で書いたものが多い。手帳の一《ペー》ジに、ごくわずかの文字が、俳句でも書いてあるように見えるものもある。

印刷物にすると、新聞の一行にもならない字数を、大きな文字で書いているのであって、暗い夜道を歩きながら手帳に書いた文字が、くらべもののない名筆に見える。

「文は人なり」というように、「字は人なり」なのだろうかとも思う。賢治の筆跡がいろいろ残っているのは、弟の清六さんのおかげだ。

おかしな考え方と笑う人もいるかもしれないが、私は、賢治・清六の兄弟が「一卵性双生児」でもあるように、フッと思ったことがあった。若いころの話だ。

賢治の手帳や原稿の文字は、何とも言えぬ感じの漂う文字だ。「清純・温雅」だが、文字の形そのものが、童話か童謡のような感じを持っているのである。

おもしろくて、まじめで、すましているくせに、うしろを向いてニカニカ笑っている。そんな文字に見えるのだ。賢治の手帳は携帯用のお経の本と言った具合のものだ。

私が賢治からもらった手紙の文字などは、細長い和紙に二、三行の文句を書いたもの。青い方眼紙を、切って書いたもの、まじめにぎっしり書いたものなどがある。その手紙を書くときの気持ちが文字になって表れている。何と形容したらいいか、わからないような感じが自然にこちらに伝わって、ほかほか暖かくなる不思議な文字というしか、言いようがない。

縁談勧めたオバコさん

「岩田のオバコさん」は、名をヤスさんといい、賢治の父政次郎さんの妹で、岩田にとついだ。情ぶかく侠気《きょうき》の人として、よく知られていた。

　私が十字屋書店版宮沢賢治全集を編集したとき、ヤスさんに頼んで、仕事場として岩田家の別荘の一室を借り、半年くらした。その間、毎日のように、オバコさんと楽しく話をかわした。

　オバコさんは、賢治のお母さんに頼まれて何べんとなく、うるさいほど、嫁さんをもらうようにと、賢治をかきくどいた。しかし、オバコさんが、賢治も知っている佳人を候補に、こんどこそと、何べん賢治をくどいてもくどいても、賢治はただニコニコと笑顔で聞くばかり。柳に風みたいだったと、オバコさんを深くなげかせた。

　賢治のひとり住まいの家（羅須地人協会）に、何べんでも、こりることなく、「嫁さんをもらいなさい」と出かけて行った。

「そうら、おいでになりましたネ」縁談のけはいを感じ、そのうち「コワ談判」になりそうだと、察しとると賢治は、セロを持っていとしそうにかかえる。そして、ボロン、ボロロンとならし、「これが、オラのカガだもす」と、微笑するのだった。こうして、いつも話がおかしくなって、おしまいには、ふたりいっしょに吹き出してしまう。

「いつも、はぐらかされて、大笑いになってナサ――」というオバコさんの話であった。
オバコさんは、賢治の縁談で心を痛める両親のため、一生懸命、嫁さがしに心をくだいていたのであった。

塩引きの分け方で議論

私の手もとに、「宮沢賢治ノート」というものが二冊あって、それをときどき見ている。一冊は、「昭和十四年九月七日より」とある。その一ページから――。

◇

十二月四日。（賢治の）お父さんが、塩引きを一箱買った。二十二本入っているので、岩田（家具店か）の分と、「エの分」だという。エというのは、「わが家（エ）」のことだった。「十一本ずつ分けるとエエでねえのすか」と、お母さんが言った。すると、お父さんは「いや、いや」と、賛成しなかった。何か考えがあるふうであった。「大きさを、にらみ合せて分ければ、いいのでねえのすか」と、清六さんが言った。「なるほど」と、私は感心したり、びっくりしたりした。「塩引き」や「あらまき」が、しっぽを縄でゆわえられて、台所や魚屋などにぶらさがっている油絵を、絵画展覧会でしょっちゅう見たものだ。

清六さんの説にも、「ウンニャ」と、お父さんは不賛成だと言う。そのとき「ハハア、オモシロイ」と私は心中、にんまりしたわけだけれども、つつしみなく「アハハ」と笑うわけにはゆかない。

「ハカリで、目方をチャンとはかって、ふた組にした方が、いいじゃ」。お父さんが言った。

十字屋版宮沢賢治全集の原稿整理の助手を頼まれた私は、桜の町営住宅（岩田家の別荘）で仕事をしていた。炊事の婦人が急逝したので、私は賢治の遺稿といっしょに、豊沢町の宮沢家の裏の畑の中の「離れ」に移ったのであった。が、三度三度の食事は、表の本宅で、お父さんと一緒にいただいていた。だから、こんな光景を垣間見ることもできたわけだ。

叔父宅に来ず映画館に

宮沢賢治の叔父さんで、磯吉さんという人が釜石に住んでいた。宮沢善治（賢治の母側祖父）の三男である。この叔父さんのところに、盛岡高農時代の賢治が行ったことがある。

いったん、あいさつに顔を出したので、磯吉さんは、「賢治は泊まるだろう」と思った。そこで、さかなを買ったり、くだものを買ったり、いろいろ用意して置いた。ところが、賢治は、夕方になっても、磯吉叔父さんの家にやって来ない。「釜石に来たら、うちにとまらないで、どこにとまる」と言って、待っていたが、賢治は、あらわれなかった。

磯吉さんは、居ても立ってもいられない気持ちになった。

釜石じゅうの宿屋という宿屋に、「花巻の宮沢賢治という者が泊まっていないか。高農生一同で、何か調査に来た一行だ」と説明して、一軒ずつ電話をかけた。どこにも泊まっていない――ふっと気がつき、活動写真館に電話したら、そこにいた。それでも来ない。宿屋に行って、寝ているところを、叔父さんがむりむり連れて来て泊めた。

賢治は三陸海岸に岩石の調査で二度出かけた。「釜石よりの帰り」という文語詩。

かぎりなく鳥はすだけど
こゝろこそいとそゞろなれ
竹行李小きをになひ
雲しろき飯場を出でぬ

みちのべにしやが花さけば
かうもりの柄こそわびしき

かすかなる霧雨ふりて
丘はたゞいちめんの青
谷あひの細き棚田に
積まれつゝ廐肥もぬれたり

売上金を貧農にあげる

岩田のオバコさんは、賢治の父、政次郎さんの妹で、気持ちが大きく、義侠《ぎきょう》心に富み、優しい人だった。十字屋版の宮沢賢治全集のお手伝いをしたとき、岩田のオバコさんは、桜（さくら＝地名）の岩田家の別荘で仕事をするように運んでくれた。

はじめは私一人だったが、オバコさんは、あとで亭主を亡くした婦人と娘二人を引きとって、別荘に住まわせ、生活を助けていた。

賢治が、あの世で、よろこんでいるのが見えるようだ——と私は思った。

賢治の生前、この別荘について、ひとつのエピソードがある。庭に、ユリが咲いたとき、賢治が切ってくれた。オバコさんは、生け花の関係の女の人たちに分けた。

その売上金二円を、小僧さんに持たせて賢治にとどけさせた。帰って来て、小僧さんが、口をとがらせて言ったものだ。「せっかくめんどうして売っても、何にもならないんすじゃ」というのである。聞けば、次のような事だった。

小僧さんが賢治の家に行ったらお百姓さんが一人来ていたという。その人が「種コ買いたいにも、金がなくてナサ」と、こぼした。聞いた賢さんは、とどけられた二円を、「これ持って行って種コ買えば、いいんすじゃ」と、右から左にくれてしまった。

その人は、天からボタモチでも降って来たみたいに、ニカニカよろこんで、帰っていったんすじゃ——と、小僧さんはあきれたことだ、というような顔でいった。

「賢さんは、行ってくどけば、何でもくれる人と思われている」らしいと、小僧さんは言った。「自分の命までみんなさ分けて、くれたも同じことをしていたんすじゃ」と、オバコさんは言った。桜の別荘の一室であった。

ユーモアの源泉は母堂

宮沢賢治という人は、どういう人だったんだろう——私は、昭和八年になくなった、この人について考え続けて来たが、自分の器量では分からないのだということが、分かっただけだ、ということが分かった。

他人には、ほどこす一方(物心ともに)で、人からは受けない。盛岡弁でいうならば、「カタコト」に一生を生きた人、ということなのだ。

カタコトという、この言葉、カタカナか、ひらがなで書けば簡単だが、さて、盛岡あたりでは、人間評価のことばとしてかなり重い言葉である。「物心ともに強固な人」と言えば、ぴったりだと思うのだが、宮沢賢治を「カタコトナヒト」とは、一面観であろう。ひどく物堅い人で……という「評価」は、生きていたときは、しょっちゅう聞いたものであるが、いまは聞くことが少なくなった。賢治に学校で教わった人たちは、もう七十代になっているから、これからは、「カタコトナヒト」という評価は、だんだん消えてなくなると思う。

おもしろくて、たのしくてたまらない人なのだが、それを一番知っている人々は、花巻農学校で教わった生徒諸君だったろうと思う。

宮沢家は、お父さんが、厳父というものを絵か彫刻にでもしたようなお方であったが、お母さんが、底知れないようなユーモリストであった。このお母さんのユーモラスなお人柄が、宮沢賢治にそっくり遺伝したものではないかということである。あんなに面白い童話の主調であるユーモアの源泉は、母堂だったのだと思う。

ペンネームでからかう

小屋敷美雄、帷子勝郎、川村千一……。岩手日報には、盛岡中学校出身の記者が多くいた。そして、これらの記者たちは、私の青年期の文芸活動に、さまざまな影響を与えた。

盛岡中学校の生徒だった私や仲間たちが、当時の新聞などの文芸欄にいくら投稿しても、短歌などは片隅にチョロチョロと掲載されるだけ。がっかりして、自分たちで分厚い回覧雑誌を作ったりもした。その一方では、投稿に新手を考え出した。畑幻人、北小路幻、杜艸一、鈴木清三などのペンネームを詩や短歌など、それぞれ一編ずつ変えて付けた。

小田島孤舟さん主催の短歌会に出席した時のことだった。「ほくこう・ろげん、という奴はけしからん奴だ」と話し合っているグループがあった。耳をすますと、他の二、三のグループでも、火鉢を囲んで「ほくしょう・ろげん」のことを攻撃していた。どちらも、私のペンネームの一つ「北小路・幻（きたこうじ・げん）」を読み誤っているのだった。

「それは『ほくしょう・ろげん』ではなく、『きたこうじ・げん』というのではないでしょうか」と、私がオズオズと口をはさんだら、「『きたこうじ・げん』だって？　人心を惑わすけしからん名前の奴だね」と、私を見てニヤリとした人がいた。私がつくったいくつかのペンネームのなかから「北小路幻」がいい、と選んでくれた帷子勝郎記者だった。「北小路幻」を選んだ時から帷子記者の頭の中には、このペンネームが世間で話題になることを見抜いてたのだった。新聞記者というものは、こわいものだと思った。

それ以来、私は「北小路・幻」(短歌用)、「北光路・幻」(詩用)のペンネームを使わなくなった。が、しばらくして、岩手文壇の悪口を書いた文章に「北小路・幻」が再登場するようになった。帷子記者が私に書かせたのであった。「名前なんか、わからない奴はわからなくてもいいのだ」といって。

のちに私たちがつくった岩手詩人協会に入会してくれた宮沢賢治は、これら私の〝悪たれ〟を知っていて、ニコニコ笑いながらよく話題に持ち出した。若気のいたり的なことを持ち出されるたびに、私は困惑したものだった。

筆者名記載され投書熱

私が後年、詩や短歌の雑誌をつくってもらった花巻の梅野印刷を知ったのは、朝日新聞記者になった帷子勝郎先輩の線によるものであった。帷子先輩は、最初、私を同年配者と思ったというが、私と帷子氏の弟とは、高等小学校の同級生だった。

その帷子勝郎や、川村千一、小屋敷美雄という先輩たちは、のちに朝日新聞記者になった。中学生だった私たちの耳には三人とも岩手日報に入って新聞記者になったと伝わっていた。私たちが一年生の時、この先輩たちは五年生だったので、名と顔を知っていたぐらいだった。

この先輩たちがなぜ、岩手日報の記者になったのか、私たちには知るところがなかったが、この人たちが岩手日報に入ったことで、何となく岩手日報に親しみがわくようになって来たようであった。

筆者の名前のついた文章や短歌、詩が、それまでと違った扱い方で出るようになった。それが投書熱をあおった。吉田定右エ門、半沢武四郎、森佐一などという忠臣蔵の浪士じみた名前の投書家の作が、小さな活字の名で、ときどき夕刊の隅に出るようになったのである。

名前も本文と同じ五号の小さな活字であったが、新聞に名前が出る――詩や短歌などを投書すると掲載される――ということは、私たちにとっては喜びだった。

ちょうど、日報が夕刊を出したばかりの時代で、読者文芸欄というほどのものでもなかったが、十首も十五首も短歌を書いて投書すると、一首ぐらいずつ、三、四人の短歌が掲載された。

私たち投書家グループは、ちょうど夕刊が出る時刻、上田の中学校からの帰り、当時は赤十字病院のむかいにあった岩手日報社の掲示板の前で、はり出されたばかりの夕刊にむらがった(は、ちょっと大げさだが、当時の一般家庭では、新聞をとっているところは余り多くなかった)。

王朝風に「あの君」と呼ぶ

昭和初頭は、凶作が何べんもあった時代として、私たちの世代には忘れることができない。その凶作が、宮沢賢治の人生にどんな影響を与えたか、はかり知ることも出来ぬ。

賢治が亡くなった昭和八年、私は盛岡市山岸にお住いの、もと盛岡測候所長の福井さんをお訪ねして、何回かにわたって賢治についての追憶談をお伺いしたのであった。福井翁のお話が始まると、ふと、ひっかかることがあった。聞いたことのない言葉があった。「あの君《きみ》」という表現が、ときどき出て来た。「アノキミ」というのは、宮沢賢治について「アノカタ」という以上の敬語というか、敬体というか、そういう意味が、ふかくこもって、お口をついて出てくるようであった。

私は、岩手日報社の編集記者であったが、どういうわけか、お天気記事を、福井測候所長に聞いて書く係記者のようにもなっていたのである。「おい森君、山王山(当時、測候所のあった場所。いまは盛岡地方気象台がある)だ」と主筆だった後藤さんに申し付けられると、私は福井所長さんに電話をかけなければならなかった。

後年、宮沢賢治が盛岡測候所に福井さんを訪ねたことが何べんもあって、凶作やお天気について、お話を交わしていることを知った。福井さんのお話を伺っていて「福翁閑談」というような読みものを書きたいと思ったが、私は心臓脚気などの後遺症で、歩くことは得意でなく、遠くまで、そんなにしょっちゅう出歩くことができないのが残念だった。

賢治を王朝風に「あの君」と呼んだ福井翁を、賢治も尊敬していたことなどを——今、お二人さんを懐かしく思い出す。

重大な嘉藤治《かとうじ》の存在

宮沢賢治が、詩人兼専門の科学者になったら、もっと別な宮沢賢治になったのではなかったか。何にでも、ひたむきになれる人だったから、専門の科学者にならず、花巻農学校の教師になったことが、もっともよい道をえらんだのではなかったかと思う。

賢治が、子供好きだということの根本には、賢治本人が、「幼童性」を精神と性格の中に持ち、おとなになっても、全くうしなうことがなかったからだ。

賢治と同年で、ユーモアに富んだ音楽教師藤原嘉藤治が、県立花巻高等女学校の教師をしていたということは、賢治にとっては、いま私たちが考えるよりも、はるかに「重大」なことだったと思う。

賢治にとって、唯一無二の親友、嘉藤治は、専門の音楽家であることのほかに、詩人でユーモリストで、善良で、愉快この上ない人物だということだった。

嘉藤治が、あのとき花巻におらなかったら、青年から壮年期の大事な時代の賢治が、どんなにさびしいことだったろうかと、つくづく思う。

嘉藤治のセロの胴の部分が破れたことがあった。肝心なところが破れたので、「破れたままで売れば三十円ぐらいにしか、なかんべナ」と、いうことになった。

賢治のセロは百七十円で買い求めた、ピカピカの新品だった。

賢治は、お母さんや清六さんには、「藤原君のセロが破れた。あんまり熱中してひいたんだナ」と、いった。

「そこで、少しお金はかかるが張りかえることにしたそうだ」とも言った。

賢治遺品のセロは記念館に健在である。

ギンドロの木を愛して

「ギンドロ」という木がある。ポプラの一種と思うが、この「ギンドロ」を、賢治が好きだった。修学旅行で、生徒を連れて、北大などにゆき、立派なギンドロの木を見ながら、賢治は、賛嘆した。花巻あたりにも、賢治が植えたり、生徒たちに植えさせたりしたギンドロが、巨木になって、「ていてい」と天をついているということである。

賢治は、北海道が好きであったが、ギンドロの木も、大好きであった。

ギンドロの遠望など、広い北海道でみると、どこか、異国風に見えたりするのが、かわった情緒を、ただよわせていたのだろう。

このギンドロについて——賢治のいとこの岩田豊蔵さんと、お父さんの政次郎翁から、異口同音とでもいうように、賢治が生長の早いギンドロを礼賛していたと聞いたので、おもしろいナと思ったことであった。

賢治が、このギンドロを好きだったと話したときの政次郎翁の感慨が、また深いものであった。賢治が、ギンドロやアカシアを好きで、植えさせたことについて、政次郎翁は「賢治は早死することを悟っていたためか、こうした早く大きくなる木を植えるのが好きだったもなさ」と言った。

この賢治のお父さんのお話を聞いたときは、なるほどと思ったが、木を植えることまで、こういう考え方をしていたことに私は深く感動した。

賢治の、そうした心根を、もっともよく知っていたのは、政次郎翁だったということなのだ。また、賢治のすぐ下の弟の清六さんが、一行・一句も、遺稿を失うことなく保存していたということも、この父があってのことなのだと思う。

バイオリン演奏に満足

菊池たけしげという流浪のバイオリン演奏家が花巻に来たことがあった。

そのころ、宮沢賢治は花巻南郊の「桜」の別荘に羅須地人協会を創設、農耕自炊の生活をはじめていた。賢治は、流浪のその楽人を羅須地人協会にとめて、いろいろの曲の演奏を聴いた。ポピュラーな曲から難曲まで、みんなこなすので、賢治は「ジャンとしたものだ」と、菊池氏の演奏をほめて、たのしんだ。賢治は、泰西の名曲の大盤レコードを、どっさり持っていたし、自分で曲もつくった。菊池氏は、自作の曲も弾いて賢治を感心させた。

その演奏家が、賢治の人柄に親しみ、桜の家の居心地が良いので、すすめられるままに数日間泊まって、望まれるままに熱をこめて演奏した。「桜」の住人たちは、昼となく夜となく、食事のときも働くときも、バイオリンの音色に驚喜したことだったろう。

一夜、清六さんが近所の少年三人を連れて行き、楽人の演奏を聴いた。清六さんも大の音楽好きゆえ、何度か外人のプロの演奏を聴いていたが、この夜の菊池氏のナマの演奏に、満足したということだった。

——その夜も何人か集まったが、賢治は、何本ものろうそくをともさせた。ろうそくの灯は、一曲終わるごとに一本ずつ消された。何というロマンチックな、小さな音楽の集いだったことか。清らかに興奮した小さな一座の人たちの顔に、最後の一本のろうそくが消えたとき、杉林に満月の光が差して、明るくなっているのに気がついたものだった、と語りつがれているのである。

優しくて魅力ある声

宮沢さんと知り合った大正末期、私は盛岡中学校の高学年生だった。思い出して見ると昭和八年に亡くなるまで、おかしなことが、いろいろあったが、たいていのことが「飲み食い」についてのことであった。

「飲食」の「飲」の方には、社会通念では、「お酒」が入るのだが、「お酒」を、いっしょに飲んだことは全くない。

藤原嘉藤治さんの話によると、盃《さかずき》をあげれば、「クイ」と飲んで、さっと返盃《へんぱい》するもんだったという。

お酒を「グイグイ」と飲まないで、「クイクイ」と飲んだと、賢治童話にあったような記憶がある。あるいは、書いたものでなくて、二人の会話の中だったような記憶もある。

盛岡に用事で出ると、ついでに訪ねて来て、何べんも、ごちそうになった。豊沢町でも、桜でも、市内でも、行くたびにごちそうになるだけで、おかえしは、いっぺんもしたことがなかったので、おふくろに、こぼされるばかりだった。

「そういう人がらだし、おうちは、財産家だ。月給はもらっているんだから、おかえしなどと、苦にすることはない。ごちそうになることが、功徳させてあげるようなもんだ」などと言って、私は母に、ひどくしかられた。

新馬町の太洋軒で、一番よい洋定食をおごられたときは、食事の合間合間に、自作の唱歌や、自作の校歌（ことばも曲も）を、すくっと立って、歌って聞かせてくれた。

バスではなくて、テノールのようなものかナと思ったりした。優しくて、上品な歌い方で、声に、何とも言えない魅力があった。

「チャーミングな声」と言うものだと、照井栄三さんから教わったことがあった。

まったく、賢治の声は、どこか優しくて、キンキンしたところがあったが、優しくて、やわらかなところもあり、ひとことでは言えない声であった。

変わり種ファン「平八」

私の祖父佐助は、紫波郡乙部村黒川から、惣門の平野八兵衛が経営するミソ・ショウユ製造業平野八兵衛商店、通称「平八（ひらはち）」に奉公した。

そのころ、平八さんは、市会議員の前身で、人数は数名の参事会員であった。いまの市会議員のように、選挙によるものではなくて、市長の任命制。ごく少数で五名だけだった。

市制の執行者で、その一人の平野八兵衛だった。惣門の住人で、大きな蔵が数棟あった。

その平八さんの一人娘に、質屋の亀正《かめしょう》から婿入りしたのが、善助さん※であった。

この平八さんが、善助時代に、盛岡中学で、天才児石川一《はじめ》こと啄木たちと、三行短歌を書いた。話を聞くと、啄木は、若いころ、強烈な天分と性格を持っていた。仲間が自然に集まって、その一人が平八さんだった（名は善助である）。

私の祖父の佐助は、「実直」の典型のような、紫波・黒川出の杜氏《とうじ》だった。平八主人が、森八百屋の一人娘セキに婿入れさせた。杜氏頭のように生涯仕えた。佐助とセキとは、実直な働き人だったが、男女九人の子供を持った。

亀正から、平八さんの一人娘の婿になった八兵衛※さんは、文学や絵が好きだったので、洋画家五味清吉さんを家に泊めて大作を描かせたりした。

盛岡中学校で、啄木らと親しかったが、啄木流の三行短歌をこまかい文字で、大判のノートにかなりの作品を書いた。

上品な歌柄であったが、啄木のような人柄と生活とは、違ったひとだったから、啄木流短歌は、性格に合わないもののようだった。

新聞や雑誌にも、その短歌を掲載したが、散逸して歌集を出さないでしまった。悪い時代にゆきあわせたと思うより、しかたがなかったのだろう。

花巻の縁せきを通じて、賢治作品には、大いに傾倒した変わり種ファンであった。

※善助の旧姓名は佐藤善助　※善助

ハンコ賢さん石コ賢コ

宮沢賢治の幼・少年時代の「仇名《あだな》」が二つあったことは、いまでは広く知られている。ひとつは、「ハンコ賢さん」もうひとつは「石コ賢コ」というのである。

「石コ賢コ」と「ハンコ賢さん」とは、微妙にちがう感じがあるのは、どういうことだったろうか。

私は前に考えたが、いままで書いたことも、話したこともなかった。

伝説などに書くと、賢治の幼年時代の感じが、ほんとうによく表現されて、こういう言葉を私は好ましいものと思うし、賢治について、これが、ひどく大事なことのように思う。

実際に彫ったハンコも、どこか「キマジメ」といったような、彫るときの少年賢治の顔が見えるようである。

河原や、みちや、山で、いろいろの石に目をひかれて集めたということも、大事なことのように思う。

「石や鉱石、何でも、薄く紙のようにしてしまうと、何ともいいようのない、美しさがあるものです」という言葉は、忘れることができなかった。

美しい石には、いろいろの用むきがあって、それについて関心を持ったことには、晩年には、あるいは真剣な「願い」と「思い」がこめられていたのではないかと思う。

詩や童話に「石」「鉱石」が、ときどき出てくることについて、「猿ヶ石川の水底には、いろいろの石があって、水に入って、見て歩きたいと思います」ということを聞いたことがあった。童話の中に「宝石」が出てくることは、「石」を小さいときから好きだったのだなと、納得がいったものだった。

「日報」に掲載せぬ理由

賢治が、「岩手毎日新聞」に童話を発表して、「岩手日報」に掲載しなかったことについては、いろいろの意味があることと思われるが、私は、その時代の二つの新聞の関係について、感じたことがあった。

結論らしいものについて、書こうと思う。

岩手日報が、盛岡銀行系の新聞になったこと、そして、同じように、岩手毎日新聞が、岩手銀行系の色彩を濃くしたこと。

この二つの新聞が、輪転機を買い、社屋を拡張・新築するのに、片や「盛岡銀行」、片や「岩手銀行」から資金を融通してもらったことが、互いに張り合うことになった最も大きな原因だったのではないかと思う。「機械」「資本」といっしょに「銀行重役」が幹部に乗り込んで来たのだ。

両財閥が権威をふるうためには、新聞の経営に乗り出すことが、緊要なことと痛感されたものだったにちがいない。それは、ほんとうに小さなことにまで及んでいた。

昭和初期に、私が岩手日報社に入社して、岩手毎日新聞に入社しなかったのは、岩手毎日新聞の編集長の岡山不衣さんより先に、岩手日報編集長の後藤清郎さんに頼みに行ったことからだった。日報の方が、私の住まいの惣門から距離が百《メートル》ぐらい近かったことによった。そして、日報の隣から、日詰行きのバスが出ていたことも、簡単で重大な理由であった。

もっとも短絡的に言えば、日詰ゆきのバスで、惣門と内丸を通わなければならないように、私には「心臓脚気」という困った病気があったということだった。私には、少しでも通勤距離の短い方がよかったのだ。米ヌカの濃縮ビタミンB剤と、ビール酵母のおかげで生きました——と賢治に話すと、「あ、時代の子ですナ、あなたは」と、賢治は、いとも軽い口調で、「濃縮ビタミンB剤様を、毎日神サマ仏サマといっしょに拝むんですナ」と笑ったのであった。

カジ屋の子供が巽《たつみ》聖歌《せいか》

高名な童謡詩人の巽聖歌は日詰町（現在は紫波郡紫波町に合併）の出身。私は幼少の時からこの巽聖歌を知っていた。というのは、私の父の弟の喜助叔父のおかみさんが日詰町の出で、私の伯母が日詰町の書店に嫁いでいたからだった。

そんな縁で、私は小さい時によく日詰町へ遊びに行ったのだ。大坪川《おつぼがわ》という川が、これら親類の家の前にあって、橋がかかっていた。川そのものは、大雨でも降らない限り恐ろしくはない小川だった。私は、夏休みなどに日詰町へ行ったが、この小川での川遊びが楽しくて仕方がなかった。

伯母の家は書店だったが、本家は、坂を下るか下らないかのような日詰の下町あたりのソバ屋で、その隣にカジ屋があった。そして、そのカジ屋には野村七蔵という子どもがいた。その子どもが、のちの巽聖歌その人だった。

オツボ川は、大人になってから見ると小川のような、堰《せき》のような感じだったが、水遊びが楽しくてしょうがなかった小学生の私には、立派な「川」に思えた。最近は、夏でも北上川などで泳いでいる子どもをほとんど見かけないが、それが時の移り変わりというものなのだろうか。

オツボ川の橋の下で、バチャバチャ、バチャバチャ、川底に手をついて水遊びをする子どもたちの一人に野村七蔵もいた。のちに疎開してきた時には高名な詩人になっていた巽聖歌と、私は「幼童時代」から縁があったということである。賢治と白秋の関係を「北」と「南」の詩人として考えると、私と巽聖歌との関係もおもしろい。

やわらかい母堂の会話

賢治と父君とのことについては、伝記や評論を書こうとして、なかなか踏みこめないことがあるようである。

私がひどく痛烈な賢治評だと思ったことは、政次郎翁が賢治を戒めて、あるときこう言ったという。

「お前さんのやっていることは、裸身《すっぱだか》で、ごつごつした巨岩《おおいわ》にぶつかって割ろうとしていることだ」

この政次郎翁の言葉は、私が賢治全集の仕事で豊沢町の宮沢家に、とまっていたとき、夕飯をいただきながら耳に入れたことで、心中、全くびっくりしたのであった。

息子を「賢シュ」と、父君は表現したが、母堂は、「賢さん、賢さん」と言った。

この「賢さん」の、やわらかい、そして、あたたかい語感は、終生、私の耳から離れることはないだろう。

このようなことが、もう一つある。

賢治のお母さんが、私の勝手きわまる放言について、

「そうすか」

と言葉をはさむ、その「そうすか」という言葉に、まことに微妙なちがいが感じられたことだった。

ひとの言うことに、あいの手を入れる、その母堂の「そうすか」という、「そうすか」に、いろいろなちがいがあることに気がついた。

この心中の心理を、やわらかに表現する母堂との会話のたのしさ。

発音の微妙なちがい。全面反対、全然賛成、その中間。微妙なちがい、発音と心理。

詩人宮沢賢治を産んだこの母堂の日常の会話。これをテープにとって置きたいものだったと、今ごろ痛感しても、せんないことではあるのだが――。

活花用に紫色のタマナ

賢治が、活花用《いけばな》の花をつくっていたときのこと。

紫色の「タマナ（玉菜）」を作ったから、見においでなさい――と岩田のオバコさんにいった。お花の先生をしている岩田のオバコさんは、早速はたけに見に行った。よく見ると、まるで牡丹《ぼたん》の花のようにきれいなので、オバコさんはびっくりしてしまった。

オバコさんは、その「タマナ」を賢治に切りとってもらって、活花をする人たちに、一本十五銭で売った。きれいで珍しいので、喜ばれた。そのお金を集めて、オバコさんが賢治にやったところ、賢治はびっくりして、「棄《す》てるものが、お金になった」と言った。

賢治は、花苗ができると、箱に区切って並べ、リヤカーで、近隣や町の人にくれて歩いた。病人に見せたいと、共立病院（いまの花巻病院のこと）の花壇に植えた花には、入院している人たちもたいへん喜んだ。同じ花の、いろの変わったものを、ずーっと咲かせたので、みんなが、たまげたわけだ。

叔母さんの話によると――。賢さんのつくった白菜でも玉菜でも、ナマで食べてもソリソリと柔らかく、頭を叩《たた》かれてもわからないように、うまかったんすじゃ――と。

賢治は、片手を少し下げて、毎朝リヤカーをひいてくるのである。裏町の「よかろう」のおかみさんにも賢治は花をあげた。賢治は、自分の好きな家や親類などに花を配って歩いたのだった。ある時、目がさめるような、赤、白、クリーム色、白と紫のカスリなどの小カブを配って歩き、「土の中にも花が咲くとは、このことなんですよ」と岩田のオバコさんに言って二人で笑った。

妹の声そのまま作品に

こぼれ話を二つ三つ。

○…盛岡高等農林学校（現在の岩手大学農学部）に在学中、運動会の新種目を考えよ、といわれた賢治は、「鉄棒ぶらさがり競争」というものを考え出し、それが採用された。

何の奇もない、運動具もいらないものだったが、ぶらさがって我慢する格好がおかしかったので、運動会では大かっさいだった。以後、毎年やる種目になった。そのうえ、翌年には隣の盛岡中学校でもやった。賢治考案のこの種目は、「忍耐競争」となっていた。

この「ブラサガリ競争」は、賢治にとっても、おかしかったのだろう。「けだもの運動会」という賢治の未完の作品があるが、このブラサガリ競争が書かれている。これがあまりおかしかったので、賢治は作品の手入れができなくて、そのために未完成のまま残ったのだろう。

○…妹トシさんの亡くなったとき。賢治は押し入れの中に入って、泣いて泣いて泣き明かした。亡くなったのは十一月だった。トシが亡くなる直前、病臥《びょうが》中のカヤの中には、電気コイルのストーブが三つ入れられていた。賢治は、降っていた雨雪を外からとってきて、トシに食べさせたりした。賢治作品の中に、「あめゆじゅ　とて　ちて　けんじゃ」とある。雨雪をとってきて下さい、の花巻弁だ。トシの声だ。

○…賢治が病気で寝ている時、田舎の人がやってきて、「賢治の肥料設計でやったら失敗した」と訴えた。それを聞いた賢治は、訴えてきた人に、いくぶんかの損失を償ってやった。

そのことについて賢治の父は、「お前さんのやっていることは、ガツガツした岩に体ごとぶつかって、はね返されるようなものだ」と戒めたという。

人のために使った月給

「宮沢賢治ノート」という私のノートの一冊に、賢治の父が宮沢本家から分家する時、「二百円もらって、それを資本にして商売を始めた」と書いてある。二百円、というのは、明治時代の米価とか家賃とかを知らないとよくわからないが、その時代、大変な金額だった。

賢治のお父さんは、時代、時代の「勤め人の給料」とか「米価」とかの数字をきちんと記憶していて、私などとの会話には、いつでも生活に関する金銭がスラスラと口をついて出てくるので驚嘆した。そして、「明治・大正・昭和の三代にわたる伝記のようなものを書く時は、その時代の物価、ことに、生活のもとである米の値段をはっきり書いておかないと、いけないもんだすじゃ」と、私にいった。

花巻農学校の先生をしていた時の賢治の月給を、その父上に尋ねたことがあった。

「伝記作者として大事なことに気がつかれた」と、笑いながらほめたか、腐《くさ》したかわからないようにいった。ところで、賢治の月給は六十円ぐらいだったという。これは、同僚の中でも高給のほうだった。この月給を、賢治はレコードや書籍購入などに弁てたが、多くは、「陰徳」に使われた。困っている生徒への援助のほかにも、賢治の月給は、人知れず「他人のためのお金」になっていた。また、「我が家に下宿料を出さなければ」といっていたこともあった。こんな経済的話題、すなわち、金を人のために使うということが、「賢治を風変わりな人」にしていた。それらは、死後にわかった。

日蓮遺文から生涯の道

昭和十七年七月七日のこと。七の日が三つ重なる日だったため、記憶しているのだが、宮沢政次郎翁からおききしたことがある。

そのとき、私は「賢治研究」の執筆のため、宮沢家にとまっていた。

以下は厳父政次郎翁のお話。

賢治の生涯をきめた『日蓮上人御遺文集』は、私が東京で買い求めたものです。

とてもよいものが手に入ったと、宝物でも拾ったように、よろこんだものでした。ところが、花巻に持ち帰って早速読んで見ますと、むずかしくて、こなしかね、御仏壇の引き出しにしまっておりましたので――。

この御父上の「こなしかねた」ということばを耳にしたとき、私はびっくりした。

こういうように、深い感動をひき出す言葉が、口から軽くまろやかに出る人に会ったことが、皆無だったから。ことに、「こなしかねた」ということばは、私の単語集にはなかったのだ。

多くの「経文」を読みこなしておられる賢治の厳父が「こなしかね」、仏壇に重ねておいたお経の本を読んだ賢治は「自分の生涯の道」を見つけ、家を出て上京したのである。ここから宮沢賢治の「全生涯」の仕事が発生したのだ。

「人間」あるいは「生物」、あるいは「仏」の生まれかわりみたいな賢治は、「日蓮上人御遺文集」から第二の誕生を見たのだということができる。

そして、また、やっぱり生きた人間としての賢治の、第二の誕生も、父宮沢政次郎と母イチによる第一の誕生があったから、と思う人たちが、賢治を読む人たちの間に、現在はふえて来たのである。

考えようによると、宮沢賢治は父母による人間賢治の誕生と文学による二回目の誕生によって、この世に「出現」したものだということができよう、

とにかく、賢治という人の「生まれ方」には、何かがある。

蛇に真っ青先輩執筆家

岩手日報紙上で私を評した帷子勝郎先輩は、私が訪ねて行くと私の若さに驚きながらも「年よりどもを退治しなければ、岩手の文壇は、全くダメになるからな」と言った。私は、何を言っているのかと思ったが、それから投書家の顔ぶれが、どんどん変わって来た。

帷子勝雄（帷子勝郎のペンネーム。郎を雄にかえた）の名で、東京から出る博文館の雑誌（コドモもの）に少年少女向けの小説を書いた。本物の執筆家（ライターと言っていた）だったのだろう。

小型の雑誌に挿絵の入った読み物を書いたものを、私に見せてくれたりした。それから、私を連れて天神さまに散歩に行った。

ところが、あの石段を二人で登って行ったとき、私は階段の左側のコンクリートの底の丸い堰《せき》を、一匹の蛇が登ろうとしているのを見た。人間に気がついた蛇は、あわてて一所懸命登ろうとしている。私は、かがんで、その蛇のしっぽをつかんだ。蛇という奴《やつ》は、しっぽをつかんでぶらさがると、その手をかもうとする。

人間の手を大敵と思うのか。つかんだ人間の手に、かみつこうとして、からだを丸め、首を上げてペロペロと口から赤い舌を出した。ところが、ひょいひょいと、上げたり、下げたりすると、蛇は、ダラリと伸びたが、それでも必死になって私の手もとに食いつこうとした。

それを見ていた先輩は、真っ青になって、ガタガタと階段を駈けおりた。下から、私を見上げ、

「捨てろ、捨てろ」と、大声で叫んだものだった。

法華経唱える父親の姿

賢治の若い時から、もっとも深い信仰上の先輩で、同志同行であったのは二戸郡浄法寺の高橋勘太郎さんであった。その勘太郎さんは、賢治の父の政次郎さんと、ごく若い時から無二の親友でもあった。

宮沢家が法華経に改宗したことを私が聞いたのは、賢治の亡くなった後、賢治全集を出すために宮沢家の離れに泊まっていた時のことだった。

賢治は亡くなる前、家族も自分と同じ法華経を信仰するよう願っていた。賢治の死後、母イチさんは、どうしたものかと思い余って、勘太郎さんを訪ねたのであった。イチさんは、ほとんど花巻から出たことのない人だった。

勘太郎さんはその時、小学校の前でささやかな文房具店を開いていたが、熱心な仏教徒でもあった。その勘太郎さんに会って花巻に帰ったイチさんは、「勘太郎さんは、よいとも、よいとも。おしゃかさまのお経には変わりない。法華経は、もっとも大切なおしゃかさまのお経だから、とおっしゃりあんした」と、夫君の政次郎さんに告げた。

その時、政次郎さんは、じっと黙して答えなかったという。だが、そののち、お仏壇に向かっての毎朝の「おつとめ」に、低く法華経を唱える政次郎さんの姿が見られるようになったのである。

「その時の喜びと安心とは、一生になかったんすじゃ」という賢治の母堂、そして政次郎さんの奥さんであるイチさんの言葉に、私は深く感動したのであった。

涼風と共にスイッチョ

夏であった。夏期休暇中の私は、花巻へ賢治を訪ねた。

「賢さん、泊まり（宿直）だんすじゃー」、宮沢金物店の店の中で、常居から出て来られた賢治の母堂は、色白の上品な微笑で、ていねいな、しかし、どこか田舎の感じもする花巻弁で教えてくれた。私は、よく知っている道を行き、夕方、花巻農学校に着いた。

私を迎えてくれた賢治は、「泊まりますか」といった。「ハイ」と私。賢治と一緒に泊まることになった私は、応接室に案内された。涼しい風が、窓から廊下に吹き抜けていた。

風と一緒に、何やら大きな、そして軽そうな、きれいな虫が一匹、部屋に流れるように入ってきて、こんもりと美しく活《い》けられたもり花にとまった。しばらく二人とも黙っていると、虫は「スイーッチョン」と鳴き出した。私はびっくりした。「スイッチョ（ウマオイのこと）」だ。

体を、微《かす》かに震わせている。それが「鳴く」ということなのだ——と知った。鳴くといっても、羽をこすると天然・自然の音楽のような音がでるわけで、それがスイッチョという虫の本態と知った。

静かで、涼しいおだやかな風が吹き込んでいるし、スイッチョは鳴いている。しばらくは、賢治と一緒に黙っていた。汗も自然にひっこんだ。賢治の童話や詩が、こういうところで生まれるのだということを、痛切に感じた。

私の家は二間間口の八百屋で、常居と台所と続く細長い形だった。風とともにスイッチョが来てくれるなどということは、素晴らしいことだった。

うまいとうふ汁を共に

賢治といっしょに泊まることになった花巻農学校の宿直室で、私は夜の食事の「ご相伴《しょうばん》」にあずかったうえ、朝の食事もいただいた。賢治と小使いさんもいっしょだった。二へん、ごちそうになったのだが、いもの子汁やとうふ汁などは、わが家で食べるものよりずっとおいしかった。ミソの味も、とうふの切り方も違っていた。盛岡あたりの多子家庭では、十人以上の大家族でも「とうふは、いっちょう」という家庭が多かったから、汁よりとうふの方が多いミソ汁はなかった。私がいただいたのはその逆で、とうふより汁が少なく、おいしいのでびっくりした。

私は若く、その時食べたとうふ汁やとうふのクルミあえなどを、かれこれ話題にする年でもなかったから、ただ何ばいもおかわりした。「ハ、ハ、ハ、とうふ汁がお好きなようですな。とうふ汁は、いいもんですナ」と、賢治は喜んだ。ところが、喜んだのは賢治よりも、とうふ汁をこしらえてくれた小使いさんだった。「あしたの朝には、別なとうふ汁をあがってもらいあんすべえ。芋の子も入れて」と。

小使いさんのいうことを、喜んで聞いていた賢治も、「そうだ、そうだ。芋の子もどっさり入れてけんじゃ」と注文。「ようがす、ようがす。どんと、こしらえあんすべえ」と、小使いさんは笑顔で引き受けた。

ミソ汁を「どんと、こさえる」という小使いさんの言葉を、賢治はほんとうに喜んでニコニコ顔だった。小使いさんは、毎日、毎日、同じことばかりしているところへ、おかしな客が来たので張り合いがあったのだろう、こちらもニコニコ顔だった。

「もどかしい…」に感動

賢治の没後、全集編纂《へんさん》のときに賢治直筆の原稿を見た。

四百字詰め原稿用紙に、HBではなく、2Bとか3Bなど、デッサン用の軟らかく太い鉛筆で書いた童話原稿が多かった。それらは、原稿用紙のマス目いっぱいに大きな字で書かれていた。かなりのスピードで書いたようだった。

一編を一気にかいたものと、時間をかけて書いたものとは、書体にもスピード感にも、自然、差が出ていた。

「子供をこさえるかわりに書いた」と、賢治が清六さんに告げた話は、いまでは有名になっているが、これらの童話原稿を見ると、この話を最初に聞いた清六さんの感動が思いやられる。賢治は、私にはこの話をしたことはなかったが、変わった話をしたことがあった。

童話を書く時は、「書く」よりも「思い」の方がずっと早いので、「もどかしくて、もどかしくて、しかたがなかった」――ということであった。童話原稿には、賢治のその心情がよく表れている。書かれた漢字は、まったく角がなくて、まるまるしているのである。カキカキと四角に書くよりは、するすると丸く書く方がはるかに早い。

賢治直筆の童話原稿を見た時、「もどかしくて、もどかしくて」という賢治の話を思い出して、感動したものであった。文語詩の原稿の文字とは、ぜんぜん別な感じなのである。

人間的大きさ研究期待

賢治童話が、まだ世に広まらないころの話。

私の若いころのこと。宮沢賢治の詩集『春と修羅』や童話集『注文の多い料理店』などには熱中したが、それを『本道』と考えて、賢治その人、つまり『人間賢治』のことについては、その詩がわからないと同じで、どんなに大変な人が目の前にいたのか、ほとんどわからなかったのだ。

賢治その人が亡くなってから、ホゾを噛《か》んだものだった。このあとは、七十代も半分以上過ぎて、ますます悔しいことになって来る。

『注文の多い料理店』の発行者「及川四郎」さんについては、賢治の小さな傍流のように考えたり、扱われたりされ、人と仕事について、賢治と触れたことだけしか、賢治の伝記的な著述に出て来ない。同じように「近森善一」さん、『注文の多い料理店』についてもっとも大事なこの人のことなども、一行、二行の知識しか残っていない。

賢治とどういう関係があったのか、賢治の伝記的な著述にも、ただ「発行人近森善一」とあるだけで、いくらかは厚い「賢治研究」にも少ししか出て来ない。近森さんは賢治農林時代からの親友で、高知の人で、若くして高知に帰ってから教科書を出版したりした人。そこまで賢治研究の足と手。いうならば、研究者が及んでいない——ということである。

若くて熱心な賢治研究者に私などの老いたる者どもが期待すること、切なるものがある。

母にラッキョウ漬け

トシさんが病気になったとき、女子大学に入学中だったので、お母さんと賢治が、急いで上京した。

雑司ヶ谷の雲台館という宿屋にとまった。

賢治もお母さんも、お餅《もち》を好きなので、病院に見舞いに行ったときは、お昼には、餅屋に入って、お餅を御飯代わりにした。

お餅を買って帰ろうか——と、お母さんが賢治に言うと、

「※やめらせ、宿に悪いから」と、賢治はお母さんに言った。

お母さんはラッキョウ漬けを好きだったので、賢治はラッキョウ漬けを買って、お母さんを喜ばせた。

賢治が、友達のところに出かけたりして、夕方帰りがおそくなったりすると、お母さんは心配で心配で、

「腹が、※ムレムレとなる」

と、出窓のところで待っていて、賢さんを閉口させた。

「帰らないうちは、心配で心配で、胸がムレムレとなるものサ、電車にひかれたりしたら、ことだと思ってなサ」と、言ったりした。

すると賢治は、

「いっこう心配することはないすじゃ、そんたな、賑《にぎ》やかなどこば、歩かないもさ、さっぱり、人コの通らないよな、静かなどころばり、歩いているんすジャ」

と、お母さんを安心させた。

お母さんが、

「手紙コ、花巻に出して※ケンジャ」と、たのむと、

「※えます、えます、何ボでも書くがら――」

と、すぐ書いてお母さんを喜ばしたのであった。

※やめてください　※心配でお腹がキリキリするさま　※くださいね
※いいですとも、いいですとも

断る母を説得し寄席へ

賢治の妹トシさんが、東京で病気になったときの続き。お母さんは、賢治といっしょに見舞いに行った。

病院からの帰り、賢治が
「よせでも見ないスカ?」

と、お母さんにすすめた。

するとお母さんは、

「オラ、東京見物に来たのではないから、ソンタナもの見なくてもいいんすじゃー」

と、答えた。すると賢治は、

「トシさんの見舞いもすんだし、あとは宿に帰ってやすむだけなんだから、何かおもしろいものでも見たらいいんでないスカ。あとは、宿屋に帰ればいいんだから」

と、すすめた。

「オラ、東京見物に来たのでないから、トシさんの見舞いだけで、あと何も見なくてもいいんすじゃー」

と、お母さんは言った。

ところが、賢治は、

「花巻に帰ってから、ナンボ、よせ見て帰ればよかったたってくやんだって、ダメなんだからナス」

と、言った。

そして賢治は、

「あとは宿に帰るだけなんだから。おもしろいヨセさ知ってるから、さ、いっしょに行くべー」

と、賢治は、すぐ宿に帰ることに賛成しなかった。

「見物に来たのでないから――」

「ナニ、あと宿さ帰るだけなんだから――」

と、言い争って子は、とうとう母を神田の寄席へ連れて行った。

ところが、その「ヨセ」が「とっても面白がったナサー」

との母親の言葉に、賢治は、「※そだべすカ」と笑いだし、二人は上野の別の寄席にも寄ったのであった。

※そうだったでしょ

母親が荷物を盗まれる

花巻に帰る日、上野で芝居を一幕見て、お母さんはとても喜んだので、賢治は、

「おもしろかったべ。よいおみやげができたべすか」

と、うれしそうに母に話した。

あとは何かおみやげを買って帰ればいいもなさ――。

と、いうことにだった。

外に出て見ると、荒れてとても寒い日だったので、おみやげに買った荷物を背の方に置いて、ストーブに手をあぶっていた。

賢さんはお父さんがおみやげに牛肉を買って帰ると喜ぶと、お母さんの言葉で、駅から買いに立って行った。

お母さんがちょっとしてから後ろをむいて見たら。そこに置いたはずの荷物がもう影も形も無かった。

帰って来た賢さんに、盗まれたと話すと、

「ホウ」と賢さんも驚いた。お母さんが、

「そこら見るッか」

と、賢さんに言った。すると、

「みても出ないんだすちゃ」と、賢さんに言われたが、

「くやしくてくやしくて、頭がぼーっとなった」

とお母さんが言うと、賢さんは心配して、

「花巻までいっしょに乗って、帰るべすか?」と聞いた。

「くやしいと思って、ひとの風呂敷包みなどきょろきょろ見たりしないんだすじゃ」

と、息子はくやしそうにしているお母さんに言ったのである。すると、

「ああ、あきらめるべ――しかたがながべや」

と、お母さんはやっと笑って賢治を安心させた。

「何か歌いましょうか」

賢治さんは「おごること」つまり、ひとに御馳走《ごちそう》することがとても好きな人だった。

それがフルコースの洋食だったり、ソバ屋の天ドンだったりした。

ところが、花巻「桜」の羅須地人協会に泊まったときは、杉林のなかのにわか造りの焚火《たきび》で、カマドで炊いた御飯だった。

そのとき、私が一番さきに盛岡の西洋料理店で御馳走になった時のことを、あれは「王様」のゴチソウ、きょうは「オコモ様」のごちそうと賢治さんは笑った。王様とオコモ様という取り合わせに、思わずこんどは二人で大笑いに笑った。

こういうことが自由自在に、笑いながら言い合えるのは、ありがたいことだった。

ところで、私が一番さきに宮沢さんに連れられて行ったときの御馳走は、フルコースの洋食であった。

そのときは、デザートになると、

「何か歌いましょうか?」

と、賢治さんは言った。

「何か歌いましょうか?」には、私は今に至るまで、びっくりしたことが頭にこびりついている。

盛岡中学校の英語の先生から、デザートに歌う歌で「その人の人がらがよく解《わか》るものだと、西洋では言いますネ」と、聞いたばかりの中学生だったから。

地質・鉱物に時を忘れる

（賢治の）高等農林学校時代の親友、工藤藤一《くどうとういち》さんの話（昭和十七年十二月二十一日のこと）。

◇

（高等農林の）関豊太郎《せきとよたろう》先生は宮沢さんを愛され「一番弟子」と言ってもよいほどでした。賢治さんは岩石、地質、鉱物に、特に興味を持っておりました。

この岩石について、初期の賢治さんの短歌が特に多いのです。

関豊太郎先生が担任だったことが、宮沢さんの後年を決定したようです。賢治さんは地質、鉱物となると、自分や時間を忘れてしまうほど、熱中するようにやっていました。

岩石を調べるには、肉眼ではわかりがたいので、薄くして顕微鏡にかけて、岩石中の鉱物質の判定をしなければなりません。

石英とか、長石、雲母とか角セン石とか、また岩手のかこう岩の特長や欠点などを明らかにする研究でした。

賢治さんは鉱物の採集に簗川（盛岡市）の奥の方に同級生と一緒に行った。賢治さんは、帰りにはたくさんの採集を持って帰った。

盛岡付近の山で、賢治さんが調査して採集しなかった岩石はほとんどないというくらいであった。

盛岡近郊が済むと、今度は稗貫郡の土性調査を関先生や同級生たちと、夏休みに熱心にやった。賢治さんは岩石の採集をやりながら、短歌も作ってたくさん書いていたことを、後年亡くなられて全集が出たとき、多くの人に広く知られた。

同じに鉱物の採集に山歩きした人たちは、後年になって全集が出たとき、（賢治が）鉱物の研究を熱心にやりながら風景や鉱物のことを短歌に書いていることを知って、大いに驚いたものでした。

性格よく似た「オバコ」

岩田家具店（花巻市）の岩田ヤスさんは、宮沢家から岩田家にお嫁にいった人。賢治のお父さんの妹。

背も大きくて顔も立派だったが、気はやさしくて「情け深い人」として町の人びとに知られていた。

賢治と、もっとも心が通い合った人のように思えた。

十字屋版賢治全集の編集のとき、私は町営住宅の岩田さんの別宅の一部屋を仕事場にしていただいた。この別宅には、ほかに一族の未亡人と子供を住まわせ、面倒をみていた。

三度三度の私の食事は、ヤス叔母コさんが言いつけ、ちゃんとお膳《ぜん》にして、ヤスオバコさん自身がお給仕をしてくれた。

私はオバコさんから(賢治に関して)たいそう貴重な話を聞くことができた。みんな何もかも、食事が終わるとすぐノートしたのだった。大事な話だらサ——だったからだ。

ご飯がすむと、仕事部屋にもどって、すぐ今聞いたばかりのオバコさんの片言・寸話をノートした。

この「オバコ」さんは、誰よりも性格的に賢治に似たところがあった。賢治にもっとも好かれた人のように思われた。

賢治の父の妹にあたるわけだが、町の人たちから慕われていたし、賢治からは頼りにされた。(オバコさんから)宮沢政次郎翁が毎日の日記に、賢治をはじめ我が子の行状について書き、「甲・乙・丙・丁」と、その日の行いを評価したということを伝え聞き、賢治父君の「面目躍如」と、感動したことであった。

音楽聞こえるような詩

賢治と音楽。賢治作品にあふれている音楽性については、早くから定説があり、多くの読者は彼の作品の「悲劇性」や「喜劇性」さえ、作品ごとに楽しく「聞きわける」ように「読む」ことができる。

たとえば『春と修羅』という詩集の全体はもちろん、「数百行の詩」にも「八行の文語詩」にも自然に賢治の持っている音楽的な詩精神があふれている。

『春と修羅』全体が大きなオーケストラの感じとすれば、「文語詩」は短い小曲のようである。だから賢治作品は、長いオーケストラ風な作品から、短い小曲風なものまで、たのしい、またはきびしい、またさびしい音楽があふれたり、隠されたりしている感じである。

『春と修羅』第一集から、長い交響曲風な作品や短い小曲風な作品などいろいろあるが、どれもこれも、音楽が聞こえるように書かれているのが、不思議にたのしいのである。

作者自身が、詩や童話を「音楽的に書こう」などと「イデオロギーの下に」（賢治の言葉）に書いたものではない。

「イデオロギーを持って作品は書かないように」と、自他を戒めるためのきびしい言葉である。

初期のころは賢治作品から宗教的な感じを受けとり、仏教よりも、キリスト教風なものの方を強く感じながら作品を読む人も少なくなかった。

初期の時代、「賢治はクリスチャンだったのですか」と問われて驚いたものだと言い、後にはそれも自然な感想だったのだと、（私の）亡友の菊池暁輝《あきてる》が本気で賛成していたことがあった。

第五交響楽に夢見心地

宮沢賢治の全作品、劇、童話、詩に、音楽がたくみに取り入れられている。

これは、もちろん賢治自身が音楽に親近性を持ち、深い理解力も持っていたことにはちがいないが、その賢治が吸収した音楽の初期のものは何だったか。

これは考えるまでもなく、レコードで、いろいろ西洋音楽に賢治が接したことが、最も大きなことであろう。

いとこの岩田豊蔵さんが、東京の化粧品店から、そのころ流行しはじめたワシ印の百円ぐらいもする蓄音機を寄贈された。

豊蔵さんは、東京の知人のレコード店に行った。

豊さん――賢さんの、もっとも近い「親戚」だったが、もっとも近い音楽や文学の「友人」でもあった。

豊蔵さんが東京の友人のレコード店に行き、もっとも新しい洋楽のレコードを「百円」ほど買い求めて花巻に持ち帰ったのである。

その洋楽レコードで、賢治はたちまち洋楽に心酔して猛烈なファンになったのであった。

一枚六円五十銭のビクターの洋楽レコードで、ベートーベンの第五交響曲を買ったときは、藤原嘉藤治さん（花巻高女音楽教師）と賢治は全く夢見ごこちでそれを聴いた。

「運命がトビラをたたく音だよ」と、二人は大いに感激し合った。「ペスタナックという指揮者はこうやってここのところを指揮するんだナ」と、藤原さんが指揮する身ぶりをすると、「こうやるんだナ」と、賢治は藤原さんの真似をして、二人で大喜びで笑い合った。

会うとおかしな話のみ

ペスタナックという指揮者についての藤原嘉藤治と宮沢賢治のやりとりは、ユーモアにみちみち、よっぽどおもしろいものだったと見える。

嘉藤治さんは「ペスタナックは指揮するとき、アタマのカミの毛が一本ずつ立ったそうだ」と賢治に話した。

賢治にもっとも親しかった人が後年、その「ペスタナック」という指揮者を調べようとしたが、どうしてもさがすことができなかった。

嘉藤治さんがうまくかついだもので、たぶん三流か、それ以下の指揮者だったのだろう――ということであった。

嘉藤治さんは、賢治に負けず劣らずのユーモリストだったから、そのペスタナックという怪指揮者のマネをして、賢治を本気にさせたのではないか、ということである。

うまくかついだり、かつがれたりという『ケンジ・カトジ物語』として、今も花巻の音楽人の間に残っているのがおもしろい。

賢治の父君も、少しも笑わずにユーモアに富んだ会話で訪問客や家人を「ひとたば」にして笑わせる「特技」の持ち主だった。賢治がまれにみるユーモリストだったことは、両親の遺伝を濃厚に受けついだもののようであった。

音楽祭などで指揮する嘉藤治さんのかっこうや、身ぶり顔つきまでマネをして、賢治は嘉藤治さんや花巻の音楽ファンを大笑いさせたものだったという。「会えばおかしな話ばかりして、あの二人はカカ大笑いしていましたよ」

と言った花巻の人があった。

「ヤジさん、キタさん」のように言うので、私などはびっくりしたものであった。

金田一先生とバッタリ

筆者が昭和十四年に上京したとき、東京で賢治の親友藤原嘉藤治氏に伴われて杉並の金田一京助邸でうかがった寸話である。

金田一先生が上野の坂下に通りかかると、国柱会の旗を立てた大道説教に人が集まっていた。そこに金田一先生が通りかかると、教団の中からひょっこり出て来た宮沢賢治が、ていねいに金田一先生におじぎをした。

金田一先生の弟さんと賢治は、盛岡中学校で同級生だったので、金田一先生は賢治を知っていた。突然の路上のこととて、先生は驚かれたが、ニコニコ笑っている賢治は、いつも屋外にいるらしく、たくましい顔いろだった。

金田一先生は、賢治が「バレイショを食べ、水を飲んでいます」ということに、

「はァ、そうですか――」と答えて、破顔一笑した。

なぜなら、金田一先生ご自身が、「水は湯よりも経済だ」と、いうような生活をしておられた

のであった。

金田一先生は、薄給のほかに子育てざかりであった。

そこで、

「賢治さんの生活は、そのころの苦学生というものの、ごく普通の生活でしたよ」

水を飲み、バレイショを食う苦学生が、神田、本郷あたりには、

「掃いて捨てるほどおりましたからネ」

と、いう金田一先生のお言葉。

賢治もまた、その大勢のなかの一人なので、

「ウヨウヨとおりましたからネ」

という金田一先生のお言葉になったのである。

「生マ原稿」丁寧に筆写

私は花巻市の閑静な別荘で、宮沢賢治全集、十字屋書店版の仕事をしていた。原稿は全部「筆写原稿」だった。賢治の多くの「生マ原稿」から関登久也の高弟飛田三郎《とびたさぶろう》君が努力して筆稿したものであった。

飛田君は、短歌の方では関登久也さんの高弟。関さんの店で働いていたので、万事好都合だった。飛田歌人筆写の生マ原稿はきれいで、まじめな良い文字なので、驚いた。

たったひとりの飛田三郎さんが、賢治の生マ原稿からていねいに何千枚も筆写した原稿を手にした時は、目を見はった。多少誇張して言うならば「天国にも昇る」ような、さわやかなうれしさだった。

「原稿」が「きれいな」ことが、本の印刷紙面に誤植を残さない、一番の大事なことなのだと知った。忙しく書く新聞記者の原稿を、整理編集する新聞社の整理部員だった私は、ただの白い西洋紙のザラ紙を小さく長方型に切った「行」も「マスメ」もない小さい原稿用紙で、半生を過ごした。飛田三郎君が筆写した賢治の童話、詩、短歌原稿は、全く天からの降ったようなものだった。

仕事場にしてくれた岩田家具店の別荘は、豊沢川の南側の別荘地帯の閑静な所にあって、賢治が農耕自炊、原稿書きをしていた宮沢家の別宅とはすぐの近さだった。賢治の生マ原稿を見せてもらうために、私は岩田家の別荘と宮沢家の離れ座敷に半年間寝泊まりした。

私にとっては、天から賢治が降らせてくれた、生涯にいっぺんの仕事のようであった。

厳父からさまざまな話

十字屋版宮沢賢治全集の仕事で花巻豊沢町の宮沢家にとめていただいた時のこと。三度三度の食事は厳父政次郎翁の御相伴をさせていただいた。

そのゆっくりした食事の時間に、賢治の話も出る。私は、食事の時間に父上のお話をかっちりと記憶にとどめ、離れの仕事場に帰ると賢治にかかわること、ほかのこと一切合切ノオトに書き止めた。

妻は「齊《せい》」なり、「正」なりと言って、妾は接なりで、ただ肉体のつながりに過ぎないのだし、キリストは愛の神だと言っても、愛は憎につながり、エホバは「我は憎の神なり」とはっきりと言っている。

仏は般若、慈悲で、これに比べると、どうもキリストは若くて甘いですな。

◇

愛憎のことでは武田信玄の祖父が、めくらというものはかわいそうな者だ、哀れなものだと言って、めくらは正座に置くようにと布令《ふれ》を出した。それで「座頭」と言うのだという話ですが、座頭がそれをよいことにして婦女子を犯したり、物をねだったりして、しかたがないので、あるときどこかの広い野原に、下さる物があるからと集め、穴を掘ってみんな入れ、火をつけて焼き殺したという話が残っています。

これなどは、民を愛したということの反面であって、愛と憎とは同じ精神の両面だということをよく表しているもんだスジャ。

◇

私は仕事部屋に帰ると、忘れないようにすぐメモをした。

東京の食事笑って説明

昭和十四年十二月十一日。賢治母堂からおうかがいしたこと。

賢さんが東京に出て、どういう物を食べているだろうか——ということは、一家や親族の人たちが、いつでも心配していることであった。

東京から帰って、彼が食べ物について聞かれた。答えはまったくケロリとしたものだったという。

「東京の下宿でソマツな物を食べて、いいのすか、病気にならないすか——」

とたずねたら、

「お母さん。それならば大丈夫。飯屋《めしや》というものがあって、紳士から学生、労働者まで、たくさんの人たちがずらッとならんで腰かけて、定食だの、天ドンなどを注文して食べているんすじゃ」

「めしとおつけという安宿のものを食べるより、労働者や苦学生の食べるドンブリ物の方がずっとおいしくて、天ドンでも、親子ドンブリでも、大きなドンブリに山盛りでうまいもす」

と賢治は笑って説明した。

「それでも宿の御飯よりソマツだべや。ソマツな物ばかり食べて病気なったりしないように——。そればかり心配でなさ——」

とお母さんが言うと、

「お母さん、メシのことなどはいっこう心配することないもさ。ぜったい大丈夫。東京の労働者の食べる食堂で食べていれば大丈夫。花巻の人だちがごちそうと思うような、ウナギドンブリなど、みんなで食べてるもさ――」

という答えだった。

ウナドン・天ドンは、賢治の最も好きな食べ物だった。カロリー計算をしたのだろう。

大らかに書く手紙文字

草野心平さん主宰の詩誌『銅鑼《どら》』の同人『黄瀛《コウエイ》』さんについての話の一つ。

黄さんの住所は九段坂だったが私は九段中坂に下宿していたので二、三分で行け、よく訪ねた。

「宮沢賢治さんのことをいくらでも話して下さい」ということだったが、私よりはるかに東京弁は上手だった。

「黄瀛とあて名をちゃんと一点一画も間違わず書く人は、二、三人しかいませんが、宮沢賢治さんは封筒いっぱいに大きく、チャンとあて名を書いておりました。封筒の文字ばかりではなく、中身の手紙の文字も大きくて、芸術的で、日本人の人の文字と思われないよい文字だと、みんなで言っていましたよ」

と、中国の詩人黄さんは感心していた。

黄さんの家は大きな日本家屋の借家で、徳川時代の高級な武家屋敷だった。毎日のように私は黄さんの家に行って『ケンジバナシ』をした。

もちろん宮沢賢治は、生きてビンビンしていたころであった。黄さんの会話は盛岡からポッと出の私の東京弁よりははるかに上手な東京弁だったので、私は上手に東京弁を話そうと……脂汗を流したものであった。草野心平さんも「賢治バナシ」を聞きたがったのだが、忙しく、客が多くて、私を相手にしているヒマがなかった。

黄さんが悠々と私と二人きりで『賢治バナシ』をしているので、うらやましそうにしていた。黄さんは私立の高級な学校に入っていると、草野心平さんから聞いて、驚いたものであった。

黄さんは私と話しながら、毛糸で何か編みものをしながら話したりしたが、南支の豪族の息子ということと考え合わせて、不思議で仕方がなかった。私から賢治のことを根掘り葉掘り聞いては喜んだ。

吸収に躍起の心平さん

九段中坂《なかさか》の徳川時代からの古風で立派な日本屋敷に、中国から勉強に来た「コウエイ」さんが、多くの中国の遊学生と一緒に住んでいた。

そこへ草野心平さんが、私を連れて行ってくれた。徳川時代の一級の武家屋敷のようだった。『春と修羅』の詩人宮沢賢治には、同人雑誌『銅鑼』の同人たちはまだだれも会っていなかった。「生マ身デ生キテイル賢治本人」に、会ったことも話したこともない。そういう賢治について、何でもかんでも吸収しなければ――という草野心平さんと、同人たちの宮沢賢治についての熱病が、始まっていた。

賢治の『心象スケッチ』という新鮮極まる言葉に、ガクーンとやっつけられた草野心平さんであった。

『宮沢賢治』と『心象スケッチ』。この名前と詩集の名に、ガクーンとやっつけられたのは、もちろん草野心平さんだけではなく、同人たちであった。

生マ身の人間、そして何と言ってよいかわからない恐るべき詩人の出現。いそいで吸収して「人間像」を造らなければ——と草野心平さんとそのグループの人たちがわき立った。

神楽坂の一軒の茶房に入った心平さんは、もどかしそうであった。あとになると、中華民国の大人のように、悠々としている人、ということがわかったが、その時の心平さんは、肝心の話し手である私が、しどろもどろでテンポが合わず、東北人らしい言葉がどもったりするのだから、はっきり、しっかりした賢治像をつかもうと、「必死」で「躍起」になっている心平さんだった。

心平さんとはぐれる

大正十五年四月から、私は東京外国語学校のロシア語専修科に入って、淀橋の親せきの家に寄宿して通学していた。

私は草野心平さんに誘われて新宿や淀橋あたりから、東京を歩きはじめていた。心平さんが全くありがたい「存在」になった。

そのときは、神楽坂にゆこうと思って、心平さんが連れ出してくれた。有名な神楽坂は、ここ

だと教えられたが、
　私は
「ヘエ！」

　と、たまげた。

　真昼なのに、かこう岩の石だたみの神楽坂に撒水車《さんすいしゃ》が水をまいて、河原のように水が流れていた。二人で話しながら歩いていたのだが、ほかには全くだれも歩いていない。

　いま、撒水車が水を「ザアザア」と撒《ま》いたばかりだった。私と心平さんは、たしかに二人ならんで歩いていたのだが、心平さんが私の訪ねることに全く返事をしなくなった。

　私は「変だゾ」と思ったので、並んで歩いているはずの心平さんに顔を向けて話しかけようとしたところ、心平さんの「かげ」も「かたち」もない。

「あれ――」と思った。心平さんはこれからゆくところを「戸塚の奥だ」とは言ったが、訪ねる人の名も、番地も、全く話してくれなかった。

　前に高村光太郎先生のところに連れて行く――と言ったことがあったので、そこへ行くのかナと思ったが、そう思って心平さんに話しかけようとしたら、突然心平さんの姿が見えなくなってしまったのである。

　高村先生のお宅は、本郷・駒込林町と聞いていたが、私は全く知らなかった。

　ここで心平さんとはぐれたらどうすればいいのだと思うと、心臓が「ダカダカ」と高鳴りはじめた。

心平さんに深い尊敬心

東京・神楽坂を私と並んで歩いていた草野心平さんが、にわかに消えて見えなくなった。あとになって見ると、全く「話」にならない「お話」だった。

時の同人雑誌『貌《かお》』を高村先生に差し上げていたが、お会いしたことはなかったので心平さんが連れて行ってあげるというので、下宿から連れられて来たのであった。

いま撒水車が通ったばかりの神楽坂に心平さんがいない。突然姿を消したのだ。心臓がドカドカしたが、よく見ると、心平さんは並んだ本屋の軒下を前方に向かってゆっくり歩いていたのだ。やれやれ助かった。心平さんはあわてている私の姿を見ると、にやっと笑って道路の上と自分のはいている靴を目で示した。私はその靴を見ると、腹の底から笑いが込み上げて来た。その笑いを、顔まで上がらないうちに押し殺すのがやっとであった。

並んで歩き出すと

「見なさい——」

と、心平さんが靴の底を見せた。靴の底が半分以上離れている。水たまりなどを平気で歩ける兵隊靴とは天地の差もあるようなひどい靴だった。

革靴だが、前の半分が完全に離れていて、足を上げるたびにパカパカと、靴の本体と底との間に空間ができるような、そんな「仕かけ」になっていた。

私は世の中にそういう靴をはく人があること、そういう靴が「ジャンとして存在すること」「それを心平さんが平気ではいている」ということを賢治に話した。

賢治は心平さんを尊敬していて、私たちが心平さんを話題にした時は、これ以上ないような笑い顔になって聞いていたが、「靴の話」の時はもっとも笑い、その笑いの底に、賢治の心平さんに対する深い尊敬の心があったことを私は感じた。

「ライス」と心平さん

東京・神楽坂の撒《さん》水した道路でフイと姿を消してしまった草野心平さんの靴の話をしたとき、賢治はとても微妙な微笑を浮べた。

が、神田神保町の大きな軽食堂で、心平さんが私におごってくれた「食事」については、賢治は考え深い表情をした。

「カレー」をかけると「カレー・ライス」か、「ライス・カレー」になる。その「カレー」をかけないただ真白いライスを二皿、心平さんは注文したのだ。心平さんは威厳ある姿勢と声で、「ライス」と一言、言ったのであった。

このライスと言った言葉は、王侯・貴族のような声音だった。

私は心中びっくりして、どういうことかと思った。

ボーイさんが持って来たのは、なんと二枚の皿に少なからず多からずに盛った「ゴハン」であった。心平さんもボーイさんも、別に何の表情もなかった。私だけが驚いた表情をしたものだった。

白い二枚の皿に盛ったものは、白い温かそうな、ふっくらとした「ゴハン」そのものであった。

「あ、ゴハンは東京ではライスというのだナ、びっくりしてはいけないんだナ」

と私は思った。

「ボーイさん、ライス二人前――」

心平さんは卓上のビンに入った「粉」をとり、バサバサとごく自然にかけて、

「サア、食べヨウ」

といって、私をうながしてから、「ただの真白いゴハン」を食べはじめたのであった。

〝スズグス人《ズン》〟と仲良しに

東京は神田と申しましても有名な古書店街ではなく、東京では一番大きな書店の二階に詩人の仲間が数十名集まったことがあった。

「星スミレ派」から「アナーキスト」「ボルシエビイキ」まで、詩の雑誌の同人や会員たちであった。

私は上京して東京外国語学校専修科（夜学）でロシア語の勉強を始めていた。なんだか盛岡弁のにおいのする中老の先生に、「先生は南部藩士の直系ではありませんか」とたずねた。

するると「出身は雫石（スズグス）だがネ」と笑って、

「出身は雫石《しずくいし》の上に、仕事は領事館関係で、一生涯ロシア語から離れない。最後の奉公にこの学校に勤めている」とのこと。

東京弁に汚染されていない盛岡弁の「アクセント」が、私にはうれしかったので、仲良しになった。露語専修科で盛岡弁くさいロシア語を聞いて、私は喜んだものだった。

本郷の美倉館という古い三階建ての下宿屋に泊まっていた時、何となく風貌《ふうぼう》・言語に親近感を覚える人がいた。

話しかけたらこれまた「雫石人」とのこと。「スズグスズンでね」とにやにや笑って答え、大笑いさせられた。

神田の大文房具店の二階の食堂の、細長いテーブルで、隣に並んだ人よりも向こう側に腰かけた人と、会話する方が気分がよかった。

会が始まってみると、西条八十《さいじょうやそ》派から高村光太郎びいきまで、詩の同人雑誌の若い詩人たちが「大同団結して」ということだったが、私は何となく「賢治童話」の一編のようになる予感がした。

「ドラ」の仲間が集う

「ドラ」の仲間の詩人の出版記念会が、神田の文具店の二階であった。「出席しなさい」と、草野心平さんに言われたので、南支から勉強に来て、文化学院の生徒になっていた「コウエイ」さんに誘われて神田の大書店の大食堂に行ったことがあった。

コウエイさんは、中国では「ホワン・エー」ということであった。「黄」が「ホワン」になるのは、

北支・中支・南支で発音が違うと、草野さんに聞かされて、

「九州と東北と方言がちがうのと同じですかねー」と言ったら、心平さんは、あきれた奴《やつ》だナ――と言うように、ニヤリと笑った。

「盃《サカズキ》と大ガメと違うようなものだ――」と心平さんが、日本とシナの大きさについて言って、笑った。

黄《コウ》は、「オウ」とも読むぐらいのことではない。ホワン――には驚いた。

「君は何にでも驚くが、それにぼくも驚くよ」

と、心平さんに笑われた。私は詩人ではあるが、イナカッペーでもあったんですナ、と賢治さんに言ったところ、声を出さないでニカ、ニカと賢治さんは笑った。

そのほかに、コウエイさんのことで賢治さんがホウホウと言ったのは。

「黄サンは客と話しながら二、三本の竹ハリを使ってクツ下か何か編んでいましたよ。私といろいろ話しながら下をむいて、熱心に編んでいるんです。私は、毛糸のアミモノなどは女だけがするもんだと思っていたので、びっくりしたんです」と話した時だった。

上品な東京弁の黄さん

黄さんは、日本語（東京弁）で会話した。きれいな日本語の詩を書き、賢治と並んで、草野心平さんの同人雑誌『銅鑼』に作品を発表する同人だった。

両人は、お互いに尊敬し合っていた。黄さんは、東北・北海道へ集団旅行の途中、花巻に賢治を訪ねている。

不思議なことでもないと思うが黄さんは、きれいで上品な、東京弁で話したが、黄さんの発音は、正確で美しく、いなかっぺいの私などとは、段ちがいに、上手で上品だった。

黄さんは、九段坂の上の方に、徳川時代の殿様の広大な屋敷があって、そこの寮に住んでいた。東京留学の南支の人たちが、一緒だったが、私が九段中坂に下宿していたので、ときどき黄さんの住まいに訪ねた。

黄さんとの話題は、いつでも宮沢賢治のことばかりだった。黄さんと会えば必ず言ったものだ。

「あんたはいいな、岩手県に生まれたんだものネ」

そのたびに私はこう答えていた。

「両親に感謝しておりますです――」

私は、外語の夜学に通っていた。九段中坂の黄さんのいる寮は、すぐといっていいほどそばなので訪ねて、お話しできた。宮沢賢治の話題は、軽い「伝記的なこと」から、むずかしい詩の話まで及んだ。

黄さんの会話は、私よりはるかに、上品で正しい東京弁で、私をおどろかし、へきえきさせた。そのたびにもっと「標準語」に上手にならなければ――と決意させたものだった。

東京の怖さがしんしん

草野心平さんの『銅鑼』の会が同人を集めて東京神田で同人会議を開いた。それに、私は宮沢賢治の代理も兼ねた（大正年末のことであった）。『銅鑼』は宮沢賢治も同人だった。編集、発行者の草野さんが原紙を切り、ザラ紙に印刷、製本した詩の同人雑誌だった。

宮沢賢治の詩が同人雑誌に掲載されたはじまりは、盛岡の岩手詩人協会の詩誌『貌』だった。草野さんの『銅鑼』は、一番安い「西洋半紙」にトウシャバンで印刷したものだった。

私が大正年末上京したとき、同人の人たちのが集まりがあって、はじめて出席した。私の席が長い細いテーブルのちょうど真ん中なので、はじの方に移ろうとしたら、心平さんが、

「君の歓迎会なんだ。まんなかに黙って居たまえ――」

と言って、腰をおろさせた。会が進んだ時だった。私の左隣に座った心平さんと、真向いの席の人が、声高に論争をはじめた。私は動転した。

声が大きくなったと思ったところ、

「ナニイ」「ナンダト」

と二人とも大声で手に皿を持って立ち上がった。けんかだと見たとたん、私はスーッと顔から血がひいた。真っさおになって、足がガタガタした。すると、右隣に座っていたサトウハチロウーさんが、すっくと立った。何か歌い出した。

私には全くわからない外国語の歌のようであった。その歌が終わったとたんに、みんなで拍手

拍手で、ケンカらしいふんいきも、たちまち雲散霧消してしまった。

私はドカドカした心臓がやっと静まった。盛岡で、短歌や詩の会や、ともかくたいていの文学の会の静かなことを思うと、東京の怖いことが、しんしんとわかった。

暁烏《あけがらす》先生を気遣い眠る

私の町内（盛岡市鉈屋一丁目）に、勝見淑子さんという女性のマッサージ師が住んでいました。いまは亡くなりましたが、この勝見さんが、大沢温泉（花巻市）にいたときの話を聞いて、書きとめておいたことを書くことにしましょう。

◇

大沢温泉には、若いとき八年ばかりおりました。宗教家の暁烏敏《あけがらすはや》先生を、阿部・湯口村長さんと宮沢政次郎さん達が案内してこられました。賢治さんはお父さんについておいでになりました。

暁烏先生のマッサージがすみますと、暁烏先生が、

「宮沢君もしてもらいたまえ――」と、おっしゃいました。

隣室で、政次郎さんをマッサージしてあげようとしましたところ、布団が、ふすまにぴったりと、くっつけて敷いてありました。

何気なく、その布団を部屋のまん中に引っぱって、すませました。

そうしますと、賢治さんは部屋のまん中に敷いてあった布団を、またふすまのきわに引っぱりました。

何だか、おかしいことをすると思ったのでしたが、賢治さんの、その布団をひっぱることの意味が、ハハアとわかりました。

隣室におやすみになる暁烏先生に、いくらかでも近い、フスマのそばに布団を敷いて、先生に何か起きて、隣室の宮沢政次郎さんや賢治さんに、先生が声をかけられたりしたとき、すぐパッと起きて、暁烏先生のご用をたして上げる——というために、暁烏先生のお部屋のふすまの、すぐそばに、賢治さんは、自分の布団を敷いて、やすまれることにした——ということが、わかったのでした。

ポケットから敷島の袋

暁烏さんが口述して、賢治さんが書かれておられた手紙は、四通とも横文字で英語のお手紙でした。それで特に印象に残っておりました。

お帰りのとき、暁烏さんが、「たばこを忘れて来た——」とおっしゃいました。だれか行って、持って来なければならないと思って見ていましたら、

「先生これですか?」と言って宮沢さんの息子さん(賢治のこと)がポケットからまだ新しい『敷島《しきしま》』を一つ出されました。

「そう、もう一つだったかな」と先生が言われますと、「これですか」と、こんどは別のポケットから、手が付いて半分ぐらい入っている敷島の袋を取り出して、先生に渡されました。

宮沢さんの息子さんの、その時の服装は、カーキー色のうすいような木綿の服で、海水帽のような夏帽でした。

女湯は混むので、私は人の少ない時は男湯の方に入るのですが、その時も男湯に入って来られた宮沢さん（賢治の父）に、背中をお流しいたしましょう——と言って流して上げると、「この方もついでにどうぞ——」といってぼぞほそした田舎のおやじさんのような人を指しました。

あとでお部屋でマッサージしてあげると、ごわごわした地織の着物がみだれかごに入っておりました。この方は浄法寺の高橋勘太郎さんというお方で、短冊に和歌を書いて頂きました。この短冊では、長男が神戸で死んだ時、ほんとうに救われました。その歌は、

吾には子あり宝ありと愚かな者は悩まさる、吾すら吾のものにあらざれば、子は宝ならんやというのでした。

正直な返答に驚き感心

勝見淑子さんの話の続きとして、暁烏敏先生のことを私に話すときの賢治の父上の態度というか、様子というかは、面白いなと思ったことがありました——。

（暁烏先生は）当時の仏教界では、何しろ最高の「おひと」という定評が、世間一般にもあった

お方でした（賢治の父から伝え聞いた勝見さんの話）。

自由自在に、仏の道を説き、自らの言説も行いも比べる人が仏教界にもないほどの人ということであった。

その暁烏先生が、マッサージをしてもらう段になりますと、

「どこでもしますか」と勝見さんに言うので、

「どこでも、いたします」と勝見さんが答えた。すると先生は着物をぬいで、サルマタ一点になられた。

勝見さんは、仏教界の第一人者でも、紫波あたりのお百姓さんのお年よりでも、みんな同じ大事なお客さんとして、わけへだてしたことはなく、同じに、ていねいにマッサージをして上げるということであった。

お弟子さんたちが、何人かいたが、勝見さんがそけい部をもみはじめると、睾丸《こうがん》がタプタプと音を立てた。

『こんなところをお治療しても、あなたがたはどうでもないですか？』と暁烏先生が勝見さんに聞かれた。

「はあ、お百姓さんが、土を掘ったりするとき、ちょっと草があってもじゃまにならないようなものです」と言いますと、皆さんがお笑いになりました。

「病気をしたことは、ございませんでしたか」とお聞きしますと、

「別に病気らしい病気はしたことがないけれど、三十ぐらいのとき、淋病《りん》をやったことがある」

と言われまして、こんなに正直な人が、この世の中にいると思って、驚いたり感心したりしたものでした。

結婚のうわさが広まる

賢治は、人に贈り物をするばかりで、人から贈り物をされることは心の底から好まなかったので、町の人たち、村の人たち、知り合いの人たちは、全く困惑したものだった。

秋になると、不在中に畑からとれたものなどを門口に置かれて、だれが置いていったとも知れず、大いに困惑していたようであった。何しろ、たったひとりの生活者だったうえ、トウフ一丁買って帰ることさえ、「おごりの頂上」と言っていたぐらいだから。

教え子たちや、町や村の人たち、「つき合い」「ふれ合い」のあった人たちは、賢治の「ものがたい」のに全く困り切っていたようであった。もちろん一人の生活だったから、外食したり、御《ご》馳走《ちそう》になったりすることもあった。

◇

下根子のラス地人協会の建物は、別荘として建てられた二階もある立派な家屋だった。野末にあるホッタテ小屋などとは全くちがうもの、一言で言えば、「別荘」だった。

私がここにとまったとき、廊下に完全な雨戸が立っているのに、その雨戸をしめないで、まんなかにガラスがはめてある障子だけで眠るように、と賢治さんが言い、布団が部屋のまんなかに敷いてあった。明るい電灯も、けさずに眠るようにといわれた。布団は、客用の立派なものだったが、まだ眠りにつかないうちに庭にガサガサ音させて忍んで来て、のぞいていた人たちがあった。朝賢治さんに話すと、きのう来た女の人が、とまったと思った人たちが、私（森）が寝ているのを女の人と思ってのぞきに来たものと知った。それを聞いて、たいへんなこと（賢治結婚のうわさ）が、ここではじまっている——と知った。

一番得意なのは「英語」

昭和十五年六月二十一日。盛岡市内丸公会堂多賀で、白藤慈秀先生（花巻農学校で賢治の同僚・国語が受け持ち）からおうかがいした話。

◇

宮沢君の受け持ちは、代数、農芸化学、土壌等で、花壇も受け持っておりましたが、水田が主任で、畑は、たまにやっていました。

授業の受け持ちは、一日平均二時間ぐらいでした。学級は、二学級でしたから、職員六人のうち、一人は校長。二人はたいてい職員室に残っておりました。

私は大正十年四月に就職しましたが、宮沢君は、十一月、岩崎三男治君が兵隊になって入営したので、後任として就職したものでした。

岩崎君は、堀籠文之進《ほりごめぶんのしん》君と一緒に、高農卒と同時に就任したものでしたから、二人とも、先生

として は宮沢君の先輩でしたが、高農の方は、宮沢君の方が先輩でした。といっても、たった一年の先輩、後輩ということになります。

私は国語、物理、幾何、体操などを受け持っており、農学校の先生は、たいてい、何でも屋の先生でした。宮沢君の一番の得意は、英語のようでした。

評判によりますと、外国人とスラスラと英語で会話がやれるし、英語の本もスラスラと日本語のように読めるので、英語の本を沢山持っており、上京のたびに丸善に寄って、古典から、当時のイギリスのベストセラーまで、買って来て読んでいるものでした。

ケンカの相手があった

昭和十六年十一月二十一日、花巻病院院長佐藤隆房博士から聞いた話。

◇

賢治さんは、人の悪口は決して言わず、争いは全くしない人だったが、全くの例外があって、ケンカ相手があったのだ。相手は、花巻高等女学校音楽教師藤原嘉藤治である。

ある晩、花巻病院で、レコードコンサートを開いた。

ベートーベンの数曲で、宮沢賢治先生が、解説をやることになると、嘉藤治君は、一体全体、音楽に解説がいるもんかネ

と、言い出した。言うか、言わないかうちに、レコードは静かに回りはじめた。

宮沢君は解説を始めた。

月の光が海へ、降りそそいでいました。海は、キラキラと光っておりました。そのとき一人の漁師が、舟を漕《こ》いで、沖へ漕いで、出て来ました。漁師は、一ぴきのタコをつかまえて、浮かんで来たのであります。

この時、嘉藤治先生は、俄《にわか》に、赤くなって、激しくおこり出した。カッカと赤くなって、足音も高く部屋を出てしまった。

そこにいた二十数人の人たちは、みんなさっと顔いろをかえて心配した。藤原先生は「タコ」というあだ名があり、花巻では、みんな知っていることだった。皆、心配して青くなると、賢治は、ニコリと笑って、言った。

「藤原君とは絶交すること三回です」

と、うれしそうな顔をしたので、みんな、いっせいに、胸をなでおろしたのであった。

「教師」として新鮮・独自

宮沢賢治と、仏教のことでは最も話があった白藤慈秀先生におうかがいした話。

宮沢君は、盛岡高等農林学校の同級生の人の話によると、体操がたいへん得意ではなくて、体操の時間中、ほどけたゲートルの巻きなおしばかりしていたということでした。

そのゲートルの巻き方も、どういうものか、のろのろして、一番最後にやっと巻いて、列に加わるものだったそうで。

　そのあとがまたいけません。そのゲートルがまたすぐ、ずるずるとほどけてしまうので、みんなで大笑いして先生も、たまらずに、ふき出して笑ったものだったというので、これは、有名な話で残っています。

　宮沢さんの、本の読み方が、また変わっていました。

「斜読法」という本の読み方が得意で、本というものは、斜めに読むと、なんぼでも早く読める――と言っていました。

　授業時間にも、教科書によらない、実際の農事の話とか、一般文化の話とか、物の見方とか、一時間全く教科書に、さわらないこともありました。

が、授業は、ボンボンうさぎのように進み、教案もろくろくつくらないのに、進度表を見るとよく進んでいました。

　教案もつくらず、ここは、大変大事なところ、ここは急所とかんどころ、時間もかまわず念を入れるという教授法でした。

　これは、よっぽど実力がないと、できないものだったので、宮沢先生の授業は、評判でした。

　新鮮で独自な物の見方を教えるということで、宮沢さんは、「詩人」ということよりは、「教師」として、新鮮・独自な人――として、岩手県の教育界では、知られておりました。

ユーモアに満ちた短歌

『賢治文学』が『短歌』に始まることは、『啄木短歌の影響』と定説になっている。

賢治歌稿の第一ジ《ペー》は、次のような前書きから始まる。

明治四十二年四月十二日盛岡中学校寄宿舎に入る。父に伴はれたり。舎監室にて父大なる銀時計を出して、一時なり呟《つぶや》けり。

盛岡中学校は、盛岡の文字通り真ん中にあった。現在の赤十字病院の場所である。

明治政府が、『教育』に力を注いだことは、岩手県庁や裁判所に並んで、県立盛岡中学校が、盛岡の、そして内丸の中心、岩手の県庁や裁判所と並んで建てられたことでも、よくわかるというものである。

賢治歌稿の第一ジ《ペー》が、その盛岡中学校入学のことから書きはじめられていることが、私たちの感慨をさそってやまないのだが、その第一首が、

中の字の徽章を買ふとつれだちてなまあたたかき風に出でたり

である。

寄宿舎の部屋割りもあり、

父よ父よなどて舎監の前にしてかのとき銀の時計を捲きし

以上の二首に続いて、

藍いろに点などうちし鉛筆を銀茂よわれはなどほしからんと、いうものもある。

盛岡中学校に入学した感慨が「銀茂」と、渾名《あだな》でいわれるようになった同級生を、たちまち歌ったが、賢治文学のはじまりが、目をキョロッとさせた、ユーモアに満ちた短歌であることに、私たちの心を、ホコホコとあたためてくれる。

中学時に鋭い感性の芽

岩手県立盛岡中学校は、盛岡の中心に、岩手県庁と並んでいた。男子師範・女子師範も、県庁のまわりにあったことから、明治政府が、徳川藩政と一線、明らかに違うことを「明示」したものということができよう。

盛岡中学、男子師範、女子師範の三校が、岩手県庁の三方を取りかこんで新設されたことは、明治政府の国民教育府についての一大デモンストレーションだったと言うことであろう。

賢治は盛岡中学に入学。校舎裏手の寄宿舎に入った。

盛岡中学は、文字通り、盛岡市の「どまんなか」にあった。

岩手県庁にならんで西隣、その真向いには岩手師範があり、盛中の東隣には、道一つへだてて岩手師範女子部校舎がった。

国全体で、教育を、どんなに大事にしたか——ということのあらわれである。

賢治歌稿の第一ページに［明治四十二年四月より］と、大ミダシが立ててあり、続いて第二ページに小ミダシが、盛岡中学入学時からの短歌作品（啄木風分かち書き短歌）に付けられている。

　盛岡中学校寄宿舎に入る。父に伴はれたり。舎監室にて父大なる銀時計を出して一時なり呟けり

と、書いてある。

この父が、大きな銀時計を、先生の前で出したことを、年若い賢治が、ひどくいやだと思ったことが、はっきりしている。

『一時なり呟けり』というとらえ方と表現に、鋭い賢治文学の一面が、「中学入学時」にもう現れはじめていることがわかる。

中学入学の時の作品とはなっているが、もちろん、高学年になってからの作品である。

巻頭から分かち書き短歌続く

宮沢賢治の自筆歌稿［明治四十二年四月より］は巻頭から分かち書き短歌ではじまる。先輩啄木の影響――と、すぐわかるので、うれしくなる。

　中の字の徽章を買ふとつれだちてなまあたたかき風に出でたり

　公園の円き岩べに蛭石をわれらひろへばぼんやりぬくし

のろぎ山のろぎをとればいたゞきに黒雲を追ふその風ぬるし

のろぎ山のろぎをとりに行かずやとまたもその子にさそはれにけり

鬼越の山の麓の谷川に瑪瑙《めのう》のかけらひろひ来りぬ

以上は、賢治が編集の便宜上書き入れたとされる、「明治四十二年四月より」の盛岡中学校第一学年を題材とした五首である。

第一首は、『中』の字の帽章を買うことで、はじまっている。

恐らく、名門校をシンボルとして、シンチュウの重い、盛岡中学に入学した――という精神のたかぶりが、重い帽章が、手に汗をかかせたことであろうかと思う。

岩手県立盛岡中学校が、盛岡の「まんまんなか」に建設されてあったことは、ここに集う若人たちの精神にかなり重い手ごたえを与えたものではなかっただろうか。

後年時局で、ブリキの帽章が出てきたことは、多くの若人の精神に、ショックを与えたものであった――という。

精神と体感伝わる文字

「校本宮沢賢治全集第一巻」は、昭和四十八年十一月十五日刊行。大冊で四百九十四頁。この巻は歌集で、明治四十四年一月に作った短歌作品から、賢治の短歌作品が、びっしり印刷されている。

み裾野は雲低く垂れすゞらんの
白き花咲き　はなち駒あり

這い松の雲につらなる山上の
たひらにそらよいま白み行く

三百四十二頁には、次の二首がある。

【絶筆】
方十里稗貫のみかも
稲熟れてみ祭三日
　　そらはれわたる

病《いたつき》のゆゑにもくちん
　いのちなり
みのりに棄てば
　うれしからまし

今になってみると、石川啄木と宮沢賢治ほど、「幸運な詩人」は、めったになかった。これからも稀《まれ》にして出ないような気がする。

時代がたつほど、二人は、「同時代の天才詩人」ということになってゆくにちがいない。この二人の天才が、ほとんど同時代に岩手に生まれたように、考えられるようになると思われる。

啄木と賢治も、「名筆」というような文字ではないが、どこか、あたたかで、そして、さわやかで、ゆたかな、感じで、溢《あふ》れている。原稿用紙に書いた文字が、筆とスミで、和紙に書いた文字よりも、精神と体感を、じかに感じさせるような文字になっているから、おもしろいのだ。

啄木も賢治も、若くして死んだから死後幸福になったものだ――と考えられるのである。ことに賢治は、未発表作品が多く手元の原稿をみんな棄《す》てられるようなことが起きなくて、さいわいだったとしみじみ思うのである。

37歳で「長老あつかい」

岩手県庁に勤めていた詩人の生出仁《おいでひとし》と知り合った。詩人を集めて「岩手詩人協会」を作った。生出仁は、宮城県人で、岩手県庁につとめていたが、大判の謄写印刷の詩誌を出していた。私の仲間と、彼の詩友、それに長老と準長老、この中に宮沢賢治も入れて岩手詩人協会は発足した。

三十七歳で亡くなった賢治を長老というのは、今になってみると、ちょっと、おかしな感じであるが、同人は二十歳にならないもの、やっとなったものが大勢を占めていたので、細越夏村《ほそごえかそん》はもちろんのこと、宮沢賢治も「準長老」。三十七歳で亡くなった賢治を「長老あつかい」するのだから、夏村さんは、もう「完全な長老」だった。

加賀野入り口、左側の夏村さんの家を訪ねたとき、かなり広い座敷に通されて、月夜だったので、電灯を消して、いろいろ話された。「長老はちがうものだな」と感動した。

その話の中の一つ。

「東京に出るのだったら、脚気に気をつけなさい。脚気は、食べ物でなるのですから食べものに気を付けさえすれば、なることはありません」

と言われた。

電灯を消したら、月のひかりが座敷に射して、『加賀野のお座敷』という感じに、心からびっくりした。東の庭から、月の光が射しこむ。詩人とは、こういう人でないとなれないのか。

私の惣門の八百屋は、一日一ぱい、夕方だけ少し陽がさす家なので、夏村さんの家にまずびっくりした。少年詩人は、詩人に「貴賤」「貧富」のあることを知ったのである——。

大きく重かった年齢差

昭和十四年九月七日から、宮沢賢治全集（十字屋版）の編集で、宮沢清六さんに、助力する仕事が、はじまった。

考えて見なくても、昭和八年に亡くなった賢治の遺稿についての仕事だが、私にとっては、重くて、大きなことだったが、賢治全集の編さんは、清六さんが存在したから、できたのだということは、今では誰《だれ》でもそう思うようになった。

私も、ちょうどよいときに、この世に生まれて来たものだった。明治二十九年と、明治四十年生まれ、賢治との差は十一年である。この年齢の差十一年ということが、どんなに大きくて重かったか——ということは、賢治の没後、一年一年と、年とって来て、私が賢治の没年を通って、二倍の年齢になるまで、生きて来たことに、ただ感謝するばかりである。

そのうちに、賢治の父上、母上の年まで、生きていることができそうになってきたので、いよいよ痛感するのである。

ということは、賢治の父上・母上の年まで、生きてゆけそうだ——ということの重大さである。

賢治全集のしごとで、半年余も宮沢家に寝とまりして、遺稿のことばかりではなく、賢治の生涯のこと、御両親の物の考え方、生活のことなどを、おうかがいできたことは、大げさに言えば、私の両親が、私を産んでくれた「時」についてのタイミングのよさに、年をとるにつれてただ驚いているのである。

二間まぐちの惣門の八百屋の店先に――仙北駅で賢治が降りて、たった十分弱の距離――に私が住んでいたというありがたさなのである。

立派な洋服で現れる

間口《まぐち》二間《にけん》、奥行《おくゆ》き八間《はちけん》。

惣門《そうもん》の森八百屋に、宮沢さんがはじめて出現した日のことを書こう。

「佐一、オ客サンダヨ」

と、母が店から常居でコガネ焼きか、焼き芋を食べていた私を呼んだ。

店さきから、

「モリクーン」と呼べば、台所まで聞こえる二間間口の八百屋で、店から台所まで、だれの声でも直通するのである。

「佐一、オ客サンダー」というのは、いささか変なのである。

変ではあるが「お客さんだ」とあれば、と私は急いで食べていた焼き芋か何かをのみこんで、店に出て行った。

中学校仲間、同級生は、馬町に半沢武四郎がいたし、上小路入口に吉田幸一がいた。

どっちも、背が高かったり、すもうとりのように大きかったりで、常居からのぞけば、「オ客サン」はだれかすぐわかる。

店から台所まで、客の視線が直通してしまうのは、母が店と台所と両方に立っていなければ、家事は進行しないのであった。

「主婦」としては、十人余の食事を作らなければならないし、「店番」としてはコンニャク一丁からナットウ一本まで、売らなければならなかった。

私の父佐吉は、日本鉄道株式会社に入社して、私が小中学生のころは、汽車の機関士であった。その八百屋の店さきに、ある日突然現れたお客さんは、買い物に来たのではなく、立派な洋服姿で「花巻ノ宮沢デス」と店で母に名を告げているのが、何か食べている私に聞こえたのである。

◇

試胆会での〝こわい話〟

「花巻農学校時代の宮沢賢治先生」というのは、賢治三十七年の短い生涯のうち、もっとも楽しかったように思う。そのとき、ひとりの生徒。たしか松田さんという人から聞いた話。

養蚕実習のときだった。

試胆会をやった。

宮沢先生は言った。

お墓に行って、「チョーク」で「しるし」になるようなことと、自分の名前を書いてくる――。なアにと思ったが、みんなどろいた。

そこへゆく前に、みんないっしょにものすごくこわい話を聞かされた。

怪談であった。

それからきめたお墓にゆき、チョークで何か書いてくる。

ササヤブの中に、ちょうちんをぶらさげたり、栗《くり》の木に、白い長いヌノをつりさげたりした。

行く前のこわい話――夜中、寝ないで、オカイコサンを養ったときだった。

トシさんが、亡くなった直後、花巻農学校の修学旅行に行ったときだった。仏壇のわきに死んだはずのトシさんが出て来たという。(先生は) 成仏していないと思われたのだ。

起きて、お経をあげた。

授業の方法も風変わり

花巻農学校教員時代の宮沢先生の教え子の一人晴山亮一《はれやまりょういち》さんから、昭和十七年七月に聞いた話。

私は大正十二年と十三年に花巻農学校で、宮沢先生に教わりました。私は家の事情から農学校に入学しましたが、農学校は建ったばかりで、木のにおいもして、とても気持ちのよい学校でありました。

入学試験のときは、白藤先生、堀籠先生、宮沢先生が指導して下さいました。三人の先生を見ると、宮沢先生は、前かがみで両手を後ろに回して、ぼやんと立っていましたので、私たちは「はて、これでも先生かな」と思ったのでした。

ところが入学しましたら、その宮沢先生が、なんと数学・英語・化学・土壌・肥料などが受け持ちで、びっくりしました。入学試験のとき、「この人も先生かナ」と思って見ていた印象がぬけないので、いろいろ教える先生と知っても、初対面のときの「変な先生」という印象がぬけませんでした。

ところが、授業がはじまってみると、宮沢先生は、まるっきり、教科書を使いません。厚い大きな、英語の本を持っていて、生徒に「このまえ、どこまでやった?」と聞きますが、その厚い大きな外国語の本を、見るでもなし、生徒が答えますと「ああ、そう——」。せっかく持って来た厚い重い本も、教科書も見ないし、筆記も全くさせず、「黙って、よく聞いて、覚えなさい」と、いいいました。

どの科目でも、「どこまでやった」と聞き、「ああそうか」と教科書も、厚い原書も使わないで、授業をしました。一生懸命に先生のお話しを聞くことが授業と知りました。

白紙答案でも点はくれる

晴山亮一さんから聞いた話。

ほかの先生方と違って、賢治先生の試験問題は、まるで見当がつかず。

「何ページを大体見ればよい――」

と、前日に言い、決して
「落第はしないだろう」

と、にっこり笑います。

二年生の時の二学期か三学期でしたが、

「ここを見てくればよい」

と、たった一ページを指しましたので、みんなは大喜び。

「沖積層の砂質壌土だが、堆肥《たいひ》と厩肥《きゅうひ》を何貫やって、四石とるべき肥料設計を書きなさい」という問題が出ました。

花巻農学校では、一年生の時から、作物の肥料設計はやらせましたが、いつでも先生の言うことを筆記するしか、手がありませんでした。

宮沢先生に教わったことは、いまだに頭の中に残っていますが、暗記したものは、あとでみんな忘れてしまったものでした。

おかしなことには、答案を白紙で出しても、

「おまえさば二十点」といって、点をくれましたが、どんなによく書いても八十五点以上はくれませんでした。

また「落第点は、決してやらないよ」とも、生徒に言っておられたものでした。

時には、何か読んできかせました。授業とまったく関係のないさまざまのお話も、話して聞か

せたりすることもありました。

授業は、二、三時間やって、あとは実習になるのでした。この実習というのは、まことにいやなことでしたが、宮沢先生の実習には、何となくひかれるのでした。

班を作って、宮沢先生に当たるとみんな喜びました。ほかの先生の時は、いやいややる実習でも、宮沢先生と一緒だと、田んぼに入って泥だらけになっても、みんな喜んだものでした。

漬物の「コガ」に驚く

盛岡に用事があって来たという賢治が、仙北町駅から帰る時、惣門の私の家を訪ねたことが何回かあった。

はじめての来訪で、私の家が八百屋であることを知って、びっくりした——と、後年笑った。

「おふくろの実家は、肴屋《さかな》です。明治橋のそばです」と教えると、

「あ、肴屋さんから八百屋さんにお嫁に来たんですネ——」

と、大笑いしたことであった。

青白い年少詩人が、八百屋の息子で、母が肴屋の出だということには、よっぽど驚いたもののようであった。

後年、今私の住んでいる、鉈屋町寺の下の四角四面の総二階で、階下は総土間の家に泊まった時も、ひどく賢治は驚いていた。

というのは、総二階の階下は、一本も柱無しで、そこに「六尺」とか「八尺」と言われる、大きなタルというかオケというか、盛岡では「コガ」というバケモノみたいなものが、何本かあったからだ。

祖父の佐助が奉公した、ミソ、ショウユ醸造販売の「平八」さんのクラにあったものである。私の家は、八百屋だったが、「タネモノ」も売っていた。

タネモノ――というのは、つぶつぶの小さなもののほかに「イモダネ」もあった。それは「イモノコ」「ナガイモ」などで、関東平野産のもの、世に言う「クダリモノ」であった。

八百屋でそういう「種物」を売るということは、賢治は、たちまちわかったが、大きな八尺コガに漬物を漬けて、それが兵隊さんの食べるものになって、四斗樽《たる》に入ったものをリヤカーにつけて、観武《みたけ》が原の軍隊まで、リヤカーで運ばれるということなどはまったく驚いて、八百屋の息子が詩を書いているのに、二度びっくりしたものです――と賢治が後年話したことがある。「漬物を漬ける『八尺コガ』には、驚いたものです」と、親しくなってから何回も聞かされたことだった。

実習で笑い転げる生徒

花巻農学校の生徒諸君は、農家の子弟が多かったので、田植えなどは手際よく、サッサ、サッサと、やったという。

けれども、それは「先生」と「授業」によりけりだった。

宮沢先生の「実習」は、いつでもみんな大喜びであったという。なぜ、そうなのか、生徒もほかの先生がたも、不思議だった。

泥水にジャブジャブと入っての作業は、ころあいを見はからって、田からあげ、泥だらけになっているみんなを「くろ」※に腰かけて休ませることになっていた。

その休憩のちょっとした時間にも、生徒たちも宮沢先生自身も、笑いころげて、田の「くろ」から泥田に、ひっくりかえりそうになるものだったという。

宮沢先生のお話があんまりおかしくて、笑って笑って「腹が痛くて、死にそうだ」という生徒たちもあった。

田植えのとき、生徒が「トメ」※をこわして水をひいたら、付近の農人がぷんぷんおこって、文句を言いに来た。

先生と話しているなと思ったら、農人は「鬼」が「乙女」に変わったように、ニカニカ笑って帰ったので、こんどは生徒たちがあっけにとられてどっと笑った。

先生の授業の時は、何となく声をたてずに、いつも笑わせられることになってしまっていたのである。

「番水」のことで、学校の先生（宮沢先生と知らずに）に文句を言いに来た老人まで、宮沢先生に、ニコニコ笑わされて帰ったので、生徒たちは、すっかり驚いたのであった。

晴山亮一さんから聞いた話である。
※畦《くろ》…田んぼのあぜのこと　※留《とめ》…用水路の仕切り

ダルマ靴、服装かまわず

賢治の花巻農学校の教え子・晴山亮一さんから聞いた話のつづき――

宮沢先生は、授業時間でも実習時間でも、何時でもどこでも、私たち生徒をおもしろおかしく、動かしてくれました。

だから、宮沢先生の時間には、生徒たちはみんなよろこんで、わくわく身ぶるいをして、マナコはぴかぴか光らしているものでした。

宮沢先生は、別に特別、私たち生徒ばかりに親切にされるものでもないのですが、生徒たちが自然におもしろくなるように、心を動かしてくれました。

宮沢先生は、いつでもゴムのダルマ靴をはいて、夏は、実習服に大きなムギワラ帽。胸のポケットには、シャープペンシル。両方のポケットには、小さな手帳や、いろいろ入れて、大きくふくらまして、どこを見て歩いているのか、何か考えながら歩いていました。時には、向こうから来る犬に、ぶつかりそうに下を向いて歩いていることもありました。

また、秋や冬には、ホームスパンの茶いろで厚手の洋服を着ていましたが、雨でも風でも、あつくても寒くても、その渋い色の洋服を着ておりました。

なぜ、宮沢先生は、こういうかっこうをしているのか、生徒たちはだんだん考えるようになりました。宮沢先生の家はどこかも知らないうちは、「なぜゴムのダルマ靴をはいているのか、服装も全然かまわないのか、わかりませんでした」。

そのうちに二年生の三学期になって、

「今晩遊びに来ないか」と言われ、豊沢町の先生のお家に一回ゆき二回ゆきしているうちに、さまざまな、お話を聞くようになりました。

やっぱり変人と教え子

花巻農学校での賢治の教え子、晴山亮一さんの話。

◇

当時花巻西方の村で、水田の土壌・肥料の検査を一週間ばかり宮沢先生にやってもらい、お礼のお金はもちろんことわられるので、桐《きり》の木を買って差し上げたいと思って桐材を持参しましたが、これも受け取らないと言われました。そして、

「いつでもお役に立ちたいが、報酬はいらない。ぜひとってくれというならゆかない」――と、ことわられて村の人たちは困った。

「自分のできる稲作指導などで、報酬は絶対もらわない宮沢先生」

と、いうことに決まった。先生からいろいろお話を聞いたそのひとつ。

「夏休みにはカラフトに行って来る。カラフトは、いろいろの木や草のにおいがいいよ。とってもよいにおいのところだよ」

と、いうことでした。

三年生の瀬川君たち二、三人の就職の世話で、カラフトに行かれたのですが、「木の花のにおいが、とてもいいんだ。それをかぎにゆく」――といわれました。

カラフトで先生の友人が料理屋に連れて行った。芸者やお酌をよんで、歌ったり、踊ったりしたが、宮沢先生は全く芸がないので、持っていたお金を女たちにやってしまった。そこで帰りの汽車賃が足りなくなったので、盛岡で夜遅い汽車から降りて、国道を花巻まで歩いた。

途中二、三回、街道の松の根元に寝た。稗貫八幡のミミトリ川の、知っている家のハセにかかっている稲束を敷いたり、かぶったりして寝た。朝早く花巻に帰った――こういう話には、教え子たちは、顔を見合わせて、「やっぱり宮沢先生は変人だな」と目と目でうなずき合ったものだったという。

草っぱらで懸命に筆記

◇

花巻農学校時代の教え子、晴山亮一さんの話。

私たち花巻農学校の生徒は豊沢町の宮沢先生のお宅に、しげしげと遊びに行った。

それに「こんどの日曜には、××に行かないか――」と先生に言われ、何人かで、先生と、一緒に歩いた。

二年生の夏のこと。麦を刈るところだった。寄宿舎にいたので、土曜日の晩明るいうちにメシを食べ、「一本杉に散歩にゆこう」と、宮沢先生に言われて、加藤と私と三人で出かけた。行ったら、草ッぱらに、ごろッと腹ばいになって、先生は一生懸命、手帳に何か書き始めた。また歩き出した。一本杉には一時間ほどいて、

「もう少し歩いてみるか」と先生は言い、また歩き、湯口村役場近くの草河原に三十分ほどごろ寝した。

「もう少し歩こう」と先生が言い、精神歌を高い声で歌いながら歩いたら、志戸平近くに来ていた。ハンノキで、こがね虫がブーン、ブーンと飛んだ。

先生は、立ちどまると、一生懸命手帳に書いた。

「今晩は収穫がある――」と先生はニカニカ笑って言った。

道ばたで女の人が木のマッカ※に麦をかけていた。一人がのべると、一人が高いところでそれを受けとっては掛けていた。

先生は飛んでいって、一生懸命麦のタバをかけてやった。作業がすんで、志戸平温泉につくと、十時だった。

「ここまで来たら、湯ッコに入るんべ」――と、三人で湯に入った。

晴山君が、ちょうど二十銭持っていたので、帳場に頼んで入浴した。湯からあがると、

「大沢温泉にゆこう」と宮沢先生が言った。
※木の股のこと

信じれば怖いものなし

志戸平温泉の浴場で入浴した賢治先生と生徒二人。晴山君だけが「二十銭」持っていたが、賢治先生と生徒はまったくの「文無し」であった。

「もう少し歩こう」と、大沢温泉に向かって歩いた。

大沢温泉の手前にお宮があった。先生一人、生徒二人の無銭旅行者は、歩調を合わせ、サッササッサと大股《また》に歩き、すっかり疲れていたので、月光に浮かんだお宮の縁側にひと休みした。

宮沢先生は、月光をたよりに、熱心に手帳に何か書いている。

二人の生徒は、何のためにこんなところまで『夜の夜中』に歩いて来たかも分からず、疲れ切ってぐったりなった。

すると、お宮の奥の方で、ドシンドシンと、何か物音がした。が、ドロのように疲れきった二人は、すぐ眠ってしまった。

時間がすぎて行った。一人がひょっと目をさましたら、宮沢先生がいない。これは大変だと思った。シーンと耳が鳴って、ザワザワと全身が寒くなった。

すると、ずっと離れた所で、宮沢先生が、大きな声高な声で、詩を朗唱するような声が聞こえて来た。

「先生、宮沢先生」と、思わず叫んだ。

「いま、行く」との先生の声がした。

「先生、オラ、オッカネエナ」と、少し声がふるえた。

「何か信じるものがあれば、おっかない物、おっかない所なんてまったく無いものだ。火の中でも、こわいことなんかないものだ――」

と、先生が言ったが、馬の耳に念仏同様で、二人は歯をかちかち鳴らして寒がった。

農民劇の「もと」をメモ

宮沢先生に、花巻農学校生徒の晴山・佐藤の両君が連れられて、大沢温泉に言った話。

窓ごしに、浴槽を見たら、戸があいたので湯に入った。出て、今度は鉛温泉へ行こうと言った。先生に離されると困るので鉛へ行き、また窓ごしに入浴。

それから西鉛温泉へ行って、また湯に入った。そこでは『花巻農学校の生徒二人と、宮沢が何時何分まで湯に入った。料金は郵便切手で送る』と書いて、べったりふろ湯にはりつけた。

大沢温泉に止まっていた電車に乗ったら、みな寝てしまったが、車掌に起されたら朝だった。

金がないので、花巻に向かって歩き出した。

先生は小さい手帳に、文字をたくさん書いていた。字が重なったり、一ページに六文字ぐらい書いてあったり、一生懸命歩きながらスケッチしたあとであった。

先生は、ひっきり無しに書きながら歩くのであった。

「バナナン大将」「種山ヶ原」とか「植物医師」などの「もと」が書いてあった。「種山ヶ原」の中に、かね虫の飛ぶ音を何で出すかと研究したこと、こまかく劇の構成をかいたものがあった。

今でも教え子の諸君は、

「じゃあ※、あの農民劇はおもしろかったなあ」

「バナナン大将は、よかったなあ」

などと話し合う。

実習は、四時か五時までやって、あとは暗くなるまで劇を一生懸命練習した。

「タレソレ、町サ行ッテ、オカシカッテコイ。キンカ買ッテコイ」

などと買わせて、食べほうだいであった。しまいには、昼飯、夕飯までごちそうになった。

※「なあー」と、人に呼びかけるときの方言

芝居の練習後に水泳ぎ

花巻農学校の教え子たちが、賢治先生の書きおろしの脚本で、芝居の練習をはじめたのは、夏休みが始まってからであった。

にわか俳優、速成の名優（迷優）たちは、賢治先生の脚本で、やったこともない「俳優」になっ

たのである。

練習をはじめたのは、夏休みがはじまってからだった。

出演の生徒諸君は、ふだんとはまるでちがって、生き生きと学校にやって来た。

賢治先生の脚本原稿は、現在でも宮沢家に保存されているが、賢治先生と生徒たちの汗と手あかで、汚れほうだい――というように見える。

劇の練習のあとには、生徒諸君のたのしみがあった。

十一時ごろまで、くりかえしくりかえし練習したが、それがすむと、先生はみんなを引きつれて、北上川の『イギリス海岸』に行くのであった。水泳練習のためである。

『イギリス海岸』は、もちろん賢治先生の命名で、宮沢先生は、大正屋から大きな西瓜《すいか》や金瓜《きんか》を買い、生徒に持たせて北上川に向かった。

教え子の平来作は、「流れ水」で泳いだことはなかった。いつでも堤の「溜《た》め水」で泳いでいた。

平君は、浅いところに立って、皆が泳ぐのを見ていたが、足を滑らせて、背のたたない深みで「エブエブ」とやった。それを見ると、宮沢先生も青くなって、三、四人の泳ぎの上手な生徒たちといっしょに、難なく平君を助けた。

おぼれかけた平来作は、『バナナン大将』の主役で、「大将」がおぼれたというのが、学校や町の好話題になって、のちのちまで伝えられた。花巻は、平和な町だったのである。

劇は二晩続けて超満員

宮沢先生の作った劇を、花巻農学校の生徒諸君は、熱心に一週間ばかりけいこした。みんなおもしろがって、先生の通り、セリフを全部暗記してしまった。これには父兄や町の人たちが、みんなびっくりして評判になった。

芝居のバックは、町内の阿部画伯が描いたが、その大きさに先生、生徒、父兄、みんなたまげてしまった。

芝居は、二晩続けて大入り超満員で、町内の大評判になった。

芝居が終わってからも、生徒や父兄、先生がたが、しばらくはよるとさわると、その芝居のおもしろかったことを話して、セリフを言いまくっていた

宮沢家では、劇がおわったあと生徒たち三十人近くを招待して、一家総がかりでごちそうして、喜んでくれた。

夏になると、賢治先生は、生徒を北上川に連れて行って、水泳を習わせた。

そこを、先生は「イギリス海岸」と名付けた。

しゃれた名前だったので、生徒も町の人たちも、とても喜んで、たちまち名所になってしまった。

白亜紀の泥岩が、水勢に削られて、突然深くなっているので、昔から、おぼれるのを恐れられていた所だったが、いまでは「賢治命名の名所」になっている。

深いのを恐れて、水泳を禁じている家が多かったが、いまでは、賢治の名と共に「花巻名所」。

厚い泥岩の岸が、切り立ったように、水中で突然深くなっているので、昔から住民に恐れられている『魔の個所』のように言われていたらしい。

農村娯楽に必要な芝居

花巻農学校時代の教え子の晴山亮一さんの話の続き。

「植物医師」「バナナン大将」「山猫博士」の芝居をやったときは、大好評だった。

大いにやろう――と勢い込んでいたら、県庁から「以後差し止め」との通達があった。

このことについて、晴山亮一さんは――

農村の娯楽には、ああいう賢治先生のお芝居のようなものが、ぜひ必要なことだと思われます。何かひとつ、百姓しながらの娯楽がないかと考えたものでした。

一年に二回、三十銭と、頭割り餅米《もちごめ》二合ずつを集めて、餅にして、作業場で子供から女から、ジサマ、バサマまでみんなに出して、酒っこも飲んで、太鼓もたたいて、歌ったり踊ったり一晩騒ぎますのが、ほんとうに面白いものです。

ジリジリあつい時もかかせいでも、そういう楽しみを、持ちながら働くことは、ぜひ必要と思います。

いくら増産を叫んでも、何か面白いことを、時々やってゆかないと、若い者を農村に引き付けて、やってゆけないと思います。声を枯らして、歌ったりさけんだり、面白がることがないと、だめだと思います。

賢治先生があんなに面白くやったことは、死ぬまで忘れられません。先生たちは、宮沢先生のように、皆を引き付ける力がなくてはダメです。

私は花巻にゆくと、先生のお墓参りします。何回か行きますが、必ず先生のお墓参りをして、拝んで来ます。

音楽でも「異質な天才」

宮沢賢治には「音楽的才能」もあったので、「歌曲」という作品が、数は少ないが「宝珠」のように、多くの読者から愛されている。

その当時では、岩手県では数少ない「西洋音楽」の音盤（レコード）の所有者の一人であった。恐らく「詩人」であったと同じくらいのエネルギーで「作曲者」になったら、これまた「日本的」ではなくて「世界的」な作曲者になったかも知れない——と、あるえらい詩人が言ったことがあり、私は「また聞き」したことがあった。

たくさんの音盤を、賢治は持って愛していたが、晩年それを生活の資にかえて手放したので、せめてどんなレコードを持っていたか、知りたかったと、賢治全集の編集者が異口同音に言ったのを、聞いたことがあった。

何人かの知人、友人には、賢治からもらったレコードを持っている人もあるが、どういうものをもらって持っているか、賢治がどういう曲を愛して買い求め、聴いていたか——ということなども、調べておくべきことなのだろう。

賢治の作曲は、いくらも残っていないが、いつまでも文学作品とともに残るものと思われるので、いまはレコードになっている。

もっと多くの自作に、自曲が付いていたら、日本の文学と楽譜はちがうのだから、異国の多くの人が楽しく聴くことができたであろうと、残念に思う人が多い。この点だけでも、賢治が「異質な天才」であることを明らかにするものだと思う。

イオン記号を使い授業

昭和三十五年三月十五日、花巻農学校の阿部繁先生におうかがいしたこと。

宮沢先生は明治二十九年生まれ、私は明治三十一年生まれです——とおっしゃる阿部繁先生。

阿部先生が大正十三年一月に、花巻農学校に赴任したときは、賢治さんはすでにこの学校で先生をしておられました。

そして、一番さきにお目にかかったのは、この月、花巻農学校で県下中等学校の農学科の研究授業が行われた時でした。

当時は、毎年行われるのでしたが、宮沢先生は、三年生に「硫安」の授業をしておられました。

私は、はじめて宮沢先生にお目にかかりました。宮沢先生は、農学と博物が担任でしたが、宮沢先生の授業には、参観の先生方が、みんな感動しました。

イオン記号を使っての授業でした。そのころ花巻農学校は、程度の高い農学校とは思われていませんでした。イオン記号などをすらすらとボードに書いた授業だったので、実は、こういう程度の学校に、こんなに立派なえらい学者がいることに、参観の先生方がびっくりしました。

硫安の性質や、施肥の方法など、イオン記号を使う授業はまだ聞いたことがなかった時代でした。程度の余り高くない農学校で、こういう高級な授業をしている、立派な学者だということが第一印象でした。

大学教授に劣らぬ講義

賢治の後輩の阿部繁先生に昭和三十五年三月二十六日に稗貫郡農会でおうかがいした話。

検定試験を受けるために上京して、東京大学の三浦伊八郎、佐藤寛次の諸先生に林学、植物、農業経営学などを勉強して、多くの先生方の講義を聞いてわかったことです。

宮沢先生の講義は、大学の一流の教授の講義に比べて少しも劣らない立派なものでした。

生徒たちも、宮沢先生の講義をさっぱり難しいと思わずに、教わっていたのでした。

一流の大先生の講義にも劣らぬ宮沢先生の講義が、私たちのアタマにいまでも深く残っているのです。宮沢先生の二倍も生きている私たち老翁のアタマにです。

宮沢先生の講義は、一時間に二、三回はおなかを抱えて笑わせるのでした。

半世紀以上も前に教わったそのことが、アタマにいまも残っているのが不思議であります。

私なども、宮沢先生の教えた生徒をあとあと受け持ったものでしたが、宮沢先生の講義は、とても軽々と笑わせながらやっているのですが、いくら宮沢先生のマネをしようとして、頑張って一生懸命やっても、宮沢先生のようにはゆきませんでした。

サイダー飲みソバ談義

白藤慈秀、阿部繁、宮沢賢治の花巻農学校の先生方は、ビールを飲まずにサイダーを飲むことが「習性」になっていたらしい。

結婚していたり独身だったりで、藪屋でいっぱい飲んでソバを食べる時などは、「いっぱい」がビールでなくサイダーだったという。

「いっぱい飲もうか」が、ビールや酒のことでなくて、サイダーだったということは、宮沢賢治ひとりではなく、高等女学校の藤原嘉藤治も一緒で、ビールや酒を飲むよりもにぎやかに楽しく会話を重ねた――という。おもしろいことだった。

宮沢賢治は、サイダーを飲んで天ぷらソバを食べるという、藪屋での「学習」は、盛岡に来てもやっていた。

宮沢賢治はやはり花巻人なんだな、と思ったことは、ソバを一緒に食べながらよく言ったことについてだった。

（盛岡市の）生姜町や本町あたりでソバをおごってくれると、きっとニコニコして言った。

「ソバは花巻ですナー」

私はそういう賢治さんに、

「ソバは惣門ですナー」と言った。

自分が小さい時から食べているソバが一番うまいと思うのだ。

「わが家のソバが一番、という話なんですナー」と賢治さんは言った。

その時のソバ談議は、「いつも食べつけているソバ屋のソバが一番うまい」ということの結論だった。

「手前みそ」と同じで、「わが町のソバが一番おいしいに決まっています」と二人で笑ったことであった。

生徒たちにまじり相撲

花巻農学校は、相撲部がなかなか強かった。県下の中等学校でも強い方に入っていたような記憶がある。

阿部繁、堀籠文之進、白藤慈秀、宮沢賢治の若い先生たちは、小学生なら三年、四年ぐらいのヤンチャザカリというようなところがあり、生徒たちにまじって、相撲をとっていたようであった。

県下中等学校で優勝するのは、たいてい農学校だった。

農学校は、高等科から入学するので、中学校よりも強いという「通説」があった。生徒がなかなか強く、先生たちとやっても、たいていは負けないものらしかった。賢治が相撲をとったと聞いたときは、若くてヤンチャザカリで、生徒が先生たちに遠慮し、勝ったり負けたりするようにやっていた「フシ」があった。

県下中等学校相撲大会というものがあった。花巻農学校もそれに出て、Aクラスということであった。

数人の先生たちも相撲をとって、勝ったり負けたりして、喜んだものらしく、「賢治先生」は運動神経はにぶかったが、相撲は好きだったと聞いた。昔の話で、相撲をとるのではなく、見るのを好きだったのかも知れないが、ほんとうに相撲をとったという話も知った。

数人の先生がたや生徒たちと、相撲をとった賢治を知ると、東京や関西などから来た人たち、熱心な賢治ファンは、びっくりする人の方が多いという。

作品のほかに、「人間賢治」「教師賢治」というような単行本も、いまのうちにまとめることは大事なことのように思う。

他人の縁談ばかり面倒

花巻農学校の賢治の同僚のH先生の結婚式は、料亭「万福」でやったが、その時賢治先生は「婿ぞい」をつとめた。

賢治は、立派な羽織、はかま姿でやって来た。

式はとどこおりなく済んだが、披露宴は、別の日に洋食の精養軒でやった。

この時は、部屋の飾りつけまで、すべて賢治先生の指揮で、立派な西洋風だった。

寄生木で窓を美しく飾り、大部屋の真ん中にテーブルを置き、お客さんは二十人。

学校の先生、視学の畠さん、友人、親せきの人たち。宴会は花巻では珍しい西洋風だった。

司会者賢治のテーブル・スピーチの指名は、鮮やかで、客を賛嘆させた。

この披露宴は、花巻で初めてのことだった。賢治は、パリッとした洋服姿で、こぼれんばかりの笑顔の名司会者ぶりであった。

ところが賢治は、話が彼自身の縁談になると、全く聞く耳持たない――みたいにはぐらかしてしまうので、返って乗り気になった人たちが、嫁さんの候補者を探したものだった。

二十代で結婚する人が多い時、三十七歳まで結婚しないで若い教え子や、親しい人たちの縁談をまとめては「変人」といわれる因子を作っていたのであった。

「ひとの縁談ばかりめんどうがらずに世話して――自分のことは、はぐらかしてばかりいる」

自分の縁談などは高い棚にあげるか、縁の下にほうり込んで、教え子や知り合いの友人関係の人たちの縁談を世話して、婚礼の式まで徹底的に世話したものであった。

性教育に英語の学術書

「性《セックス》」についての日本の法律が、どんなものだったか――。ということは、私たちぐらいの高年者でないと、知っていない。「性」についての禁止が、なぜあのように、きびしかったかということは、いまの若い人たちに話しても、信ずる人が、少ない。

そういう、きびしい法律があったのだが、東京の「丸善」に行けば、性についての本は、英語・ドイツ語・フランス語の原書が、自由に買うことができた。宮沢賢治は、農学校生徒のために買った。性教育について、深く考えることがあったもののようであった。

ハバロック・エリスというその時代では世界一流のイギリス人性学者の著書（B６判十数冊）であった。本箱に並べると、一ダンぐらいもありそうだったが、

「何のために、読まれるのですか？」

と、賢治に聞くと、

「生徒たちが、誤らないように、教えたいと思いましてね――」

と、ニコニコ笑って答えた。

私は、農学校の教え子と全く同じ年ごろだったので、私に読ませて、反応を参考にしようと思ったようであった。その時代は性学の本の和訳でも、文章の中に「×××」とか「○○○」があった。発売禁止にならない便法として、発行書店と翻訳者たちが苦しまぎれに考えだした便法だった。その「○○○」にした個所にはりつける、一行二行の印刷物を、発行書店から読者に送って

来たりしたこともあった。青年の性教育に、宮沢賢治が英語の第一流の学術書を使ったことは、記録に値することだと思われる。

字引ひかず英書を読む

ハバロック・エリス（イギリスの性学の大家）の本は、前回の「B6判」ではなくて「A5判」の厚いセピア色。教科書などの大きさの、クロース表紙の立派な厚手の本で、日本にはまだない製本であった。

賢治は「翻訳して出版したら、たちまち発売禁止でしょうナ」と言って笑った。

十数冊、A5判の本であった。

「字引をひきひき、一生懸命、試験勉強よりひどいでしょうな」と私が言うと、賢治は、

「そんなにめんどうなものではありませんよ。中学校の英語の教科書より、英語の原書の方がずっと楽で、わかりやすいものですよ」

と言った。

その英語の「性学大系」のようなものを、

「まず一冊読んでごらんなさい。楽に読めますから、ぜひ読んでください」という賢治の顔を見たところ、いつものほのかな笑い顔であった。

その「性学大系」は、英国や、英語国の人々にとってはごく普通の叢書《そうしょ》のような、全集のよう

なものらしかった。

「一冊二冊と、丸善でも分冊し、売っております」と賢治は言って、

「まず一冊、ごらんなさい」とごく軽く、一冊貸して、

「辞書をひきひき――というような学術書ではありません、通俗書です」と言った。

「コドモタチを、性でまちがわないように――と思いましてね、東京の丸善に注文して買ったものです。英語の教科書よりずっと簡単で、わかりやすいんですヨ」と言った。

花巻農学校の「精神歌」

花巻農学校の「精神歌」を作った時、賢治は作曲者の川村梧郎さんと二人で、ああでもない、こうでもないと、大いに苦心さんたんしたという。

川村梧郎さんは、ヴァイオリンをひく人だったし、職員室にはオルガンが置いてあった。休みには、川村梧郎さんが盛岡から花巻に来て、しょっちゅう会って、二人でひいたり歌ったりした。

生徒たちは教わって、賢治作詞、梧郎作曲を三月の卒業式に歌う習わしになっていた。

校長の畠山さんは、

「とても、いい歌だから、校歌にする――」

といった。

宮沢さんは、卒業式や、いろいろの式に歌うために、作ったものではない——と、遠慮した。題は、あとで「精神歌」と宮沢さんが付けた。

花巻農学校は、花巻女学校のかたわらにあるショボリした学校だった。たくさんの歌を、賢治が農学校のために作ったので、学校には活気が出て来た。放課後などには、生徒たちは大いによろこんで、元気よく教室で合唱の練習をした。はじめは、グループを作って練習していたが、だんだん全校生徒に教えて、歌うようになったのである。

生徒たちは、喜んで歌った。

「精神歌」の作曲者、川村梧郎さんは、盛岡の東北堂新聞店の弟。

花巻で県下中等学校の競技大会があった時、花巻の大運動場で、私は盛岡中学校の生徒だったが、初めて賢治作の花巻農学校精神歌を耳にして、びっくりしたものだった。

「先生」生徒集めに行く

「賢治先生」は、花巻農学校の生徒募集に熱心に歩いた。

紫波・稗貫・胆沢・江刺など、県中央部、村で言えば、中内・谷内・江釣子・藤根・岩崎そして紫波郡下などで、郡視学さんといっしょのこともあった。

高等小学校に行って、生徒や父母に、稲作を中心とした農事講演や座談会をやった。「天文」や「宇宙」のことなど、かみくだいて、おもしろく話すので、生徒ばかりでなく、教師や父母にも大いに喜ばれ、好評だった。

大正十一・十二・十三年ごろ、花巻農学校の生徒を熱心に募集して歩いた。岩手県中央部の学校や、教育会を訪問して歩いたことになる。

多くの詩作品「心象スケッチ」が作られたが、まったく明りのない真っ暗な中を歩きながら、十銭の手帳に詩を書き、次の日それを見て、見直しては、大きなノオトや原稿用紙に書き写した。

この手帳は、記念館に行けば見られる。

「賢治先生」は、在職中は熱心に生徒募集を兼ね、農事講演をしたが、帰りには「心象スケッチ」の作品も多く書き残した。

大正末期から昭和初頭まで、数回も凶作、不作があり、かなり富裕な農家でも上級学校に子弟を入学させる農家は多くなかった時代だった。

本家で子弟を中等学校に入れないと、分家に頭のよい子弟があっても、上級学校に入れない農家が多かった。

賢治作品に、この時代の作に農村に接触した作品が多かったことは、注目しなければならないことである。

科学的にキノコをとる?

賢治が、すべて物事を行うとき、何でも科学的に考えていました、ということを、賢治の同窓の先生から聞いたことがあった。それが「科学的」かどうかはよくわからなかったが、「キノコとり」の話だったから面白かった。

◇　◇

賢治の一人の友人は、宮野目（花巻市）の出身であった。ところが、町のまんなかで育った賢治の方が、宮野目出身の友達よりも「キノコとり」が上手だったという。

はじめ、一回二回のころは、友人の方が収穫は多かったが、三回目あたりになると、賢治の方が、比べものにならないくらい多くのキノコをとった。

賢治は、一回目か二回目のキノコとりのとき、その辺に生えている草、そして土の性質、傾斜、日照の方向などをよく観察して、キノコの生えるところと、生えないところを、かぎわけるようにして知ってしまう。

だから、キノコのさかりのころ、賢治とゆくと、きっと、同伴者たちの二、三倍の収穫があったものだったという。

キノコが生えているらしい野山にゆくと、賢治は、しばらく立ちどまって、空から、地から、林から野原など、目を大きくして観察した、という。ずーっと野山を見渡すと、ここと、あすこと、キノコの生えている場所がわかるらしい。

同伴者が「賢さんより、いっぱいとったことは、一ぺんもなかった」ということだった。「大詩人」はキノコとりの名人でもあったのだ。

甘いもすいも味は自由

賢治は、そのとき、「テンビン棒」を下げて、岩田家などにこやしくみに来たのであった。たのしい「きょうだいばなし」になった。シゲさんが、「去年のサクランボは、甘くておいしかった。もう少しスッパクしたら、もっとおいしくないスか――」

と、兄さん（賢治）に聞くと、

「ウン。サクランボは甘くもすっぱくも、味は自由にできる。ことしは、もう少しすっぱくしようか――」

と言って、注文を聞いた。

さらにいろいろの話になった。

同じ種類のサクランボを一本ずつ別の味の実にできる――と、賢治が言うので、妹さんたちはおどろいたものだった。同じサクランボを、次の年は肥料次第で「すっぱくも甘くもできる」――と賢治がいうので、びっくりしたのだった。

別荘の庭にも、豊沢町の庭にも、八重桜やただのサクラがあったのだが、一本ずつのサクラに、別の味のサクランボをつくれる。肥料しだい――といったことを、妹さんたちはすっかり忘れて

いた。すると、

「ことしのサクランボは、注文通り、うんと甘いのと、うんとすっぱいのと、ふた色の味にしておいたよ」

と、肥料次第で、そういうことをして置いたと兄サンが言うので、びっくりした。

こういうことは、賢治は、お父さんやお母さんには言わなかったのですか――と、清六さんに聞きかねた記憶がある。

西洋野菜を熱心に栽培

賢治は、大正九年あたりから畑に「セロリ」や「パセリ」「トマト」などの種をまいて、大きくてきれいに育てた。家の両親や老人に、おいしく食べてもらおうと、熱心に栽培したのである。

そういう新しくて、珍しいものを賢治が作ると、

「西洋くさくて、食えない」と、はじめは両親や家族に言われ、苦笑にまぎらわした。が、間もなく花巻にも「西洋料理店」ができ、町会議員のお父さんの政次郎さんが、おいしそうに食べたので、町内の新聞にも出て評判になった。

「お前の作る西洋野菜を食べたので、大いに面目をほどこし、新聞にも出たからナ」と、お父さんがほめたので、賢治も家人たちも、胸をなでおろして、喜びあったという。

にんじん、ごぼう、だいこん、ねぎ――毎日食べられる野菜というものは、そのくらいのもの

だった。それなのに、「まるで『西洋』を食べるようだった」という政次郎翁の言葉を聞き、私は驚きとおかしさと半々で、笑いをがまんしたものであった。

息子が次から次、いろいろな西洋野菜を作るので、父君は大いに閉口したが、町会議員になった時、洋食の宴会のことが新聞に出、大いにガマンして食べたことがさすがは「賢さんの親父《おやじ》サンだ」と、ほめられたということになったのである。

「良き時代の良き父子」だった一面もあった、ということであろう。

北上川を肥料砂地に畑

花巻南郊、北上川の岸に川が造成（?）した、こまかい砂質の肥沃《ひよく》な土地があった。

そこは、小舟渡と言われて、渡し船が昔からあったと聞いていた。

そのささやかな渡船場は、宮沢さんの別荘から、いくらかの距離があった。渡船場の岸のこまかい砂の土地に、賢治が野菜と花の畑を造って、ひとびとをびっくりさせたのだ。

そこに、化学肥料などもやったらしかった。トマトやキャベツが、よくとれるという賢治の話であった。

その畑を見に連れてゆかれたのだが、すぐそばが北上川であった。

「こやしは北上川がやってくれるんですか?」

と、聞いたら、

「金肥。化学肥料ですな。ハハ」と、気持ちよさそうに賢治はニコニコ笑って話した。

私は八百屋の子供ではあるが、作るものは、詩や短歌だけで、青くさい少年だった。

渡船場あたりの畑には、洪水のたびに、北上川が肥料をしてくれると言った。

まいた種は、全部洋野菜らしかったので、渡し船に乗りにくる人たちは、一本ぬき、二本ぬきして、摘みとって帰っても、

「ひとの食うものでは、ないようだじゃ――」

「くすりくさいから、薬草ではながんべが――」

などと、摘んだ人たちが言っていたもののようであった。

やっぱり、賢治という人は、やることなすこと、天外夢想のような所がある人なんだな――と、私はおかしかった。

「小松の下」は葉ベッド

花巻農学校の先生時代、賢治は、作品も多く書いたが、登山回数も多かった。

ひとりの登山も多いほかに、花巻農学校の生徒諸君を連れての登山もあった。

私には、心臓脚気を病んだことがあったので、岩手登山は勧めなかったが、登山の代わりに、誘われて岩手山麓《さんろく》を歩いた。小松の下に、眠ったりした。

その「小松の下」というのが、賢治流のおもしろいことだった。

いくらかの傾斜のある岩手山麓には、ちょうど手ごろの姿のいい小さな松が生えていた。そこにゆくと、賢治は、「ありますねえ――。たくさんのベッドですねえ」と、言った。

その小松林の、一本ずつの松が、一台ずつの「ベッド」ということに、私はすぐに気がついた。大小の形のいい松が、一面に生えていて、その松を、選び始めるのを見ると、ベッド、ベッドという言葉にすぐ気がついた。松の下には、何年もかかって枯れた松葉がもっぽりと、積もってあった。その小松を探して、「あ、ここがいい」と、賢治。ちょうどいい具合に、松の下に、枯れ葉が盛りあがっていたのである。

その松の小さからず、大きからず、ちょうど中ぐらいの松が並んでいるのを見つけた賢治は、「この松の葉ベッドに寝て、寝ものがたりしながら、眠りましょう――」と言った。

詩『春谷暁臥』は、私が眠っているうちに、手帳に書かれたのである。

知識を広く分け与える

岩手県にも国民高等学校というものができた。県庁の高野さんが新しくできた「社会教育主事」に任命され、この高野主事と賢治の出会いが、いろいろの面で賢治の羅須地人協会が生まれる機縁となった。

高野さんは水沢の人。賢治と会うと、いっぺんに「意気投合」したのであった（この言葉は、そのころ大はやりしはじめていた）。

高野さんは、道場精神を、県下の農村に説いて回っていたので、「花巻」に「宮沢賢治あり」というわさを聞きはじめていた。

のちに、高野さんは岩崎開墾地の所長になり、賢治と接触して尊敬の念を深めた。

その高野さんは、賢治を開墾地に招いて、講演してもらったのである。

六原道場が、まだ開かれていない時代だったので、学校の教室を使って、夜は講演会や座談会、朝早く起きて「かけあし」をさせた。

賢治も招かれて「芸術概論」や、詩や短歌を教えた。これが後の六原道場の芽生えになったのであった。

賢治先生の受け持ち時間が多かったが、のちの「羅須地人協会」は、次第に賢治の脳中に形を造りはじめて来たものであった。

賢治の厳父は、

「賢治は、自分の知ったことはなんでも、みんなに教える——ということを、一生懸命考えていたようだったんすじゃ」という風に、我が子を表現したことがあった。私には、『為になる事や、得になる事は人に教えない時代だった』と言われた賢治の父君の言葉が、深く記憶に残っている。

『ふれあいの人々　宮澤賢治』
あとがき

本稿は、朝日新聞岩手版に、昭和五十五年六月二日から一週一篇ずつ、六十年九月二十三日まで二百五十回掲載されたものです。

相馬淳支局長のすすめで始めましたが、次の桑折勇一支局長の時代まで続きました。長い間機会を与えてくれた朝日新聞盛岡支局の厚意に感謝いたします。

出版では熊谷印刷社長熊谷孝氏に大変にお世話になりました。イラストは田中文子氏に長い間お付き合いをしてもらいました。資料面では小森一民氏に、版権に関しては加藤文男氏に助力していただきました。この方々に厚く感謝の意を表します。

書き出しているうちに老化が進み、同じ話が重複したり、記憶違いもあり、今回訂正削除してすっきりさせました。なお同じ愚が繰返されているときは、ご容赦願います。

森　荘已池　記

一九八八年八月一日

新装再刊解説――あとがきにかえて

森　三紗

初版本の熊谷印刷版「ふれあいの人々宮澤賢治」は、朝日新聞昭和五十五年六月二日から一週一篇ずつ六十年九月二十三日まで二百五十回連載されたものです。日常生活の暮らしについて『雑記』を連載していた時に、次は宮沢賢治を中心に書くことを朝日新聞岩手版、相馬淳支局長に依頼されたのでした。

父は一回ごとに執筆し終われば、和服を洋服に着替えて朝日新聞の盛岡支局まで自ら歩いて原稿を届けていました。兄荘祐が細部の編集に協力したのでした。

病弱な父を精神的にも健康面でも支えていた有り難い仕事であったと、気難しい父の執筆を終世支えていた情け深い母タミは私に申しておりました。

父は晩年、「得意は、短評、コラムの執筆である」と常々申しておりました。おおまかに分類すると①『春と修羅』との出会いと評価②森佐一と生出桃星の編集による詩誌『貌』を通しての賢治と佐一との十年の交流③詩誌『銅鑼』と高村光太郎、草野心平と賢治と佐一と仲間たちとの交流―心平は生前賢治に実際会ったことがなく光太郎の進言で没後に賢治顕彰を開始。賢治が、佐一を『銅鑼』の同人に推薦したのでした。④「没後の顕彰―『宮澤賢治全集』の刊行に関わって編集委員としての感想。出色は横光利一との交流で、彼は佐一の才能を認め第十八回直木賞受賞が実現した重要な作家です。藤原嘉藤治は「賢治の無二の親友」と父は述べ、賢治とは詩人として、音楽を通しての交流がありました。父との親交が深く戦争中に森家の疎開することを忠告し森家の生命の恩人です。⑤賢治に関して宗教・自然・歴史・民族的な考察―⑥宮沢賢治の家族や教え子からの取材と聞き書き等です。「宮澤賢治ノート」二冊には宮沢家に寄寓して父政次郎、母イチ、妹シゲ、クニ、弟清六などに聞き書きをし独特な細かな文字でぎっちりと書いています。⑦戦禍の中命がけで原稿を守り、生涯兄の顕彰に尽力した令弟清六氏と父との交流の絆は強く随所に表現されています。

直木賞作家の高橋克彦さんから頂いた初版本の帯解説によれば「この本を開くとどこからでも気軽に読める。」と、まことに妙理にあった言葉を頂いています。その連載中にその都度家族の賑やかな話題になりました。『宮沢賢治の肖像』(津軽書房)と共に私の賢治研究の座右の書になっていました。「なぜ小説を書かないのですか」と問うたところ「私が書かないと賢治について後世わからないことを書きとめておく」と申しておりました。今回改めて精読し読み返すと身内ぼめですが短評の名手と言えるのかもしれないと思います。

今年は、宮沢賢治生誕百二十年に当たります。あちこちの知人、友人や、賢治ファンの方々から、書店を通しても、この本を読みたいという要望があります。初版本の熊谷印刷出版部刊は数度版を重ねていましたが絶版になり、未知谷、法蔵館などとの交渉を経て、盛岡出版コミュニティーにお願いすることになりました。新版にこぎつけるまで、三年間にわたった編集の労を盛岡出版コミュニティーの誠実で熱意ある栃内正行氏にお世話になり心から感謝したいと思います。新版では、文中の方言の語注をつける提言をいただき、滅びつつある南部方言が息を吹き返した感じがします。多忙中人名について確認いただきました従弟の近代文学研究家の森義真さんにも感謝します。また多くの読者の方々からご指摘のあった点は考証いたしました。

二〇一六年七月

（詩人）

初版本は昭和六十三年熊谷印刷出版部より刊行されました。

新装再刊 主要参考引用文献

『春と修羅』 宮澤賢治 関根書店
『注文の多い料理店』 宮澤賢治 杜陵出版部・東京光原社
『校本 宮澤賢治全集』 筑摩書房
『新校本 宮澤賢治全集』 筑摩書房
『宮沢賢治全集』 ちくま文庫
『宮沢賢治』 佐藤隆房 冨山房
『宮沢賢治物語』 関登久也 学習研究社
『賢治随聞』 角川選書 関登久也 角川書店
『定本 宮澤賢治語彙辞典』 原子朗 筑摩書房

表記について

初版本にもとづき、表紙は旧字体の宮澤賢治、本文は新字体の宮沢賢治にしました。地域・地区など登場する呼称・名称ならびに表現も初版本当時のままとしました。また、初版本ではふりがなは（ ）で表されていますが、再刊本ではルビを振りました。ほかにも年号など初版本に準じながらも、一部表記を変えたところがあります。

著者紹介

森　荘已池《もり　そういち》

明治40（1907）年、盛岡市に生まれる。本名・森佐一。盛岡中学４年のとき、宮沢賢治の訪問を受ける。東京外国語学校中退。岩手日報社入社。『宮澤賢治全集』編集のため学芸部長在職中に退社。昭和19（1944）年、「蛾と笹舟」「山畠」で第18回直木賞受賞（岩手県初）。昭和57（1982）年、勲四等瑞宝章受章。平成６（1994）年、第４回宮沢賢治賞受賞。平成11（1999）年、肺炎のため逝去。

主な著書・編纂

『店頭』（三藝書房）『山師』（新紀元社）『私残記 大村治五平に拠るエトロフ島事件』（大和書店・《復刊》中公文庫）『宮沢賢治と三人の女性』（人文書房）『野の教師宮沢賢治』（普通社）『宮沢賢治の肖像』（津軽書房）『岡山不衣句集』（寺の下通信社）『下山清ノート』（翠楊社）『ふれあいの人々 宮澤賢治』（熊谷印刷出版部）『浅岸村の鼠』、『カエルの学校』、『山村食料記録 森荘已池詩集』、『宮澤賢治歌集』（未知谷）『盛岡市議会史』『岩手医科大学40年史』『岩手医科大学50年史』『岩手医師会史』

もりおか文庫　森荘已池ノート
―新装再刊 ふれあいの人々 宮澤賢治 ―

2016年８月10日　第１刷発行

著　　者　森荘已池
発行企画　謙徳ビジネスパートナーズ株式会社
発 行 者　栃内正行
発 行 所　盛岡出版コミュニティー
〒020-0824
岩手県盛岡市東安庭2-2-7
TEL&FAX 019-651-3033
URL http://moriokabunko.jp
印刷製本　杜陵高速印刷株式会社

ISBN978-4-904870-37-2 C0195